KB158443

샤
워

MIZUTAMARI DE IKI WO SURU
by Junko Takase

水たまりで 息をする

다카세 준코 소설

허하나 옮김

문학동네

차
례

1
목욕

　남편이 목욕을 하지 않는다. 이쓰미는 목욕수건을 보고 그 사실을 알아차렸다. 어제도, 엊그제도, 그 전날도 이게 걸려 있지 않았나? 이 잔디 같은 색의 수건이.

　욕실문 바깥쪽에 자신과 남편의 수건을 한 장씩 걸어놓았다. 남편의 수건에 얼굴을 가까이 댄다. 코끝이 부드럽게 부딪힌다. 냄새는 나지 않는다. 세제와 집 향기가 난다. 손을 씻고 잔디색 수건으로 물기를 닦은 뒤, 그대로 걷어서 빨래 바구니에 내던진다. 세면대 거울을 보고 서서 눈가 주름에 뭉친 파운데이션을 손가락으로 문질러 펼쳐바른 뒤 불을 껐다.

　"여보, 목욕했어?"

다녀왔다는 인사 대신 그렇게 말하면서 거실문을 연다.

훈훈한 공기 속에서 컵라면 냄새가 난다. 부엌으로 시선을 돌리니 싱크대에 빈 용기가 놓여 있다. 남편은 평소처럼 티셔츠와 반바지 차림으로 소파에 앉아 무릎 위에 올린 노트북으로 동영상을 보고 있었다. 코미디 프로그램인지 사람들의 웃음소리가 방안에 울려퍼졌다.

"어서 와. 늦었네?"

남편이 무릎에서 노트북을 치우고 일어섰다. 발치에 맥주큰 캔과 과자봉지가 놓여 있다. "목욕 말이지……"라고 말하며 이쓰미의 옆을 지나간 남편은 컵라면 용기를 집어들고 뚜껑 달린 쓰레기통에 버렸다.

"목욕은 이제 안 하려고."

"안 한다고?"

남편의 말을 그대로 되받아 묻는다. 고개를 끄덕이는 그의 얼굴을 본다. 올해 서른다섯 살이 되는 한 살 연하의 남편은 밤이면 늘 컨디션이 안 좋아 보인다. 하루종일 일하고 집에 오면 머리나 어깨나 허리가 아프다거나, 아무데도 아프지 않은 날은 그냥 기력이 없다고 한다. 오늘도 역시 피곤해 보인다. 얼굴 위로는 웃고 있지만 입이 따라가지 못한다. 채 올리지 못한 입꼬리가 희미하게 경련한다.

입 주위에 듬성듬성 수염이 자라 있다. 티셔츠와 반바지 밖으로 제각각 뻗은 팔과 다리에도 털이 나 있다. 아직 2월인데도 얇은 옷차림을 한 남편은 뼈 윤곽이 드러날 정도로 말랐다. 팔다리며 목도 가늘고, 배 언저리만 조금 처졌지 엉덩이나 허벅지는 또 말랐다. 정장 차림이 제일 잘 어울리는 짧은 흑발이, 목욕을 안 했다고 하니까 평소보다 기름져 보이는 것 같기도 한데, 별 차이 없다고 하면 또 그래 보인다. 조용히 코로 숨을 들이마셔본다. 특별히 냄새도 나지 않는다.

"일단 옷 갈아입고 올게."

그렇게 말하고 이쓰미는 거실에서 나온다. 여벌옷이 있는 침실에서 블라우스와 치마를 벗고 두툼한 티셔츠와 기모가 든 트레이닝복 바지로 갈아입으며, 이쓰미는 남편이 푹 젖어서 집에 왔던 날 밤을 떠올렸다. 한 달쯤 전이었다.

왁스를 발라 늘 옆으로 넘기는 앞머리가 이마에 착 달라붙어 있었다. 앞머리를 따라 시선을 내리자 흰 셔츠도 흠뻑 젖은 채였다. 코트까지 젖는 건 피하려고 한 모양인지 앞섶이 활짝 열려 있어서, 속옷 대신 입는 회색 티셔츠가 가슴팍에 선명히 비쳤다. 비를 맞은 게 아니라는 건 한눈에 알았다. 앞머리부터 가슴, 배 부근까지 세로선으로 젖어 있었다.

"그거, 왜 그래?"

그때 이쓰미는 현관에 있었다. 마중나간 건 아니고, 다음 날 아침에 버릴 쓰레기를 모아 현관으로 옮기는 차에 남편이 돌아온 것이었다.

남편은 한 손으로 현관 문고리를 잡은 채 깜짝 놀란 얼굴로 이쓰미를 보더니 뒤늦게 "다녀왔어"라고 말했다. 그 모습이 마치 겁먹은 듯 보였기에, 어쩌면 남편은 앞머리가 젖어 있어도 이상하지 않게끔 세수하고 재빨리 실내복으로 갈아입고서 아무 일도 없었다는 양 거실문을 열려고 했던 걸지도 모르겠다는 생각이 들었다.

"그냥 누가 장난으로 좀……"

남편은 세면대 앞에서 셔츠를 벗었다. 손을 씻고 자연스럽게 앞머리도 닦는다.

"요즘 젊은 애들은 다 그런가? 술에 취해서는, 정말 난감하다니까."

조금 늦은 신년회를 하자는 얘기가 나와 직장 동료 여럿
이 술을 마시러 갔다고 한다. 평소 자주 어울리는 이들뿐만
아니라 연배가 다른 사람들도 함께 가게 되었다. 그 자리에
서 아직 입사한 지 몇 년 되지 않은 후배에게 물세례를 맞았
다고 했다.

그건, 하고 이쓰미는 말했다. 자신의 목소리가 딱딱하게
굳는 게 느껴졌다.

"왜? 대체…… 이해가 안 되네. 상사한테 왜 물을 끼얹
어? 겐시, 당신이 무슨 짓이라도 한 거야?"

"아니, 나는 상사까지는 아니고 그냥 선배지. 뭐, 선배한
테도 물을 끼얹진 않겠구나."

남편은 고지식하게 관계를 정정하고는 "선배한테도, 후배
한테도, 동료한테도 물은 안 끼얹지. 그러면 안 돼"라고 진
지한 표정으로 말했다.

"물은 장난삼아 끼얹으면 안 돼."

그런 다음 빨래 바구니에 넣었던 셔츠를 집어들더니 젖은
부분을 코끝 가까이 대고 "소독약 냄새"라고 중얼거렸다.
남편이 손을 놓자 셔츠는 그대로 떨어져 빨래 바구니로 들

어갔다.

그날 밤 남편은 분명 침울해 보였지만 다음날부터는 평소와 똑같았다. 평소처럼 출근하고, 지쳐서 집에 돌아와 노트북으로 동영상을 보고, 날이 바뀔 무렵에 잠들었다. 적당히 일을 푸념하고 맥주를 마셨다. 살아 있다는 이유만으로 싫은 일을 많이 겪기 마련이지만, 어떻게든 견디며 살아나갈 수밖에 없기에 그날 일은 그후로 입에도 올리지 않았다. 고작 한 달밖에 되지 않은 일이니 잊은 건 아니지만, 기억에서 끄집어내 새삼 살펴보지도 않았다. 그 일이 이제 와서 선명하게 머릿속에 재생된다.

이쓰미는 블라우스와 치마를 빨래 바구니에 넣었다.

거실로 돌아와 냉장고에서 남편이 마시는 것과 같은 500밀리리터 캔맥주를 꺼낸 다음 한 손을 부엌 싱크대에 가까이 한 채 서서 탭을 딴다. 캔맥주를 딸 때면 거품이 흘러넘칠 것 같아 이쓰미는 늘 부엌 싱크대 앞에 서는데, 실제로 거품이 흘러넘친 적은 없다.

왜 목욕을 안 해?

그런 질문을 목구멍 속, 침을 삼킬 때 소리 나는 부분에 대기시켜뒀지만, 소파에 앉은 게 아니라 파묻힌 듯한 남편을 보니 좀처럼 입 밖으로 꺼낼 수 없었다.

배수구 거름망에 조금 전 남편이 버린 컵라면 건더기가 쌓여 있다. 내일은 소각용 쓰레기를 버리는 날이다. 바로 어제도 쓰레기를 내놓았던 것 같은데. 하루하루가 지나가는 속도를 이런 데서도 실감하며 이쓰미는 코로 숨을 내뱉는다. 삼십오 년이나 목욕을 해왔으니 며칠 정도는 안 해도 괜찮겠지. 그런 생각을 억지로 해본다.

목구멍에 맥주를 흘려보낸다. 남편 옆에 앉아 무릎 위에 놓인 노트북 화면에 시선을 준다. "우리, 영화 보자"라고 살짝 애교 섞인 목소리로 말하는 이쓰미의 콧구멍에 남편의 체취가 닿았다. 익숙한 남편의 냄새가 틀림없지만 저도 모르게 콧속에서 일단 한번 공기의 흐름을 멈췄다가 다시 깊게 숨을 들이마셔 확인할 만큼 분명하게 짙었다. 이쓰미는 모르는 척하기로 하고, "나 공포영화 보고 싶어"라고 말하며 남편의 팔짱을 꼈다.

남편은 아침에 수건을 적셔서 얼굴을 닦기 시작했다. 그것도 눈곱만 떼면 된다는 수준이고, 이마나 뺨은 한번 쓰다듬듯 닿았을 뿐이었다.

세면대 밑에 2리터짜리 페트병 생수가 놓여 있다. 수돗물이 아니라 생수로 얼굴을 닦는 것이었다. 여기가 외국도 아닌데. 이쓰미는 몇 년 전 남편과 갔던 캄보디아에서 유적이 있는 숲을 산책하다 넘어졌을 때 식수용 생수로 상처를 씻었던 일을 떠올린다.

"얼굴 정도는 제대로 씻는 게 어때?"

이쓰미가 그렇게 말을 걸었지만 남편은 마주친 시선을 어색한 동작으로 피하고 고개를 가웃하며 세면대를 떠났다. 오늘이야말로 남편과 얘기해야겠다. 이쓰미도 어젯밤은 몸을 씻지 않고 잠들어버려서 이제 막 샤워를 한 참이었다. 역시 목욕을 안 하면 찝찝하고, 욕조에 몸을 담그지 않고 샤워만 해도 개운하고 기분좋다. 더군다나 이쓰미는 샤워도 하지 않고 출근할 용기가 없다. 설령 감기에 걸렸더라도 몸을 씻지 않고는 가족 이외의 사람을 만날 수 없다.

집에 가면 제대로 얘기해봐야겠다고 생각하고 있었는데, 마침 퇴근 시간이 맞아떨어져 며칠 만에 둘이 같이 저녁을 먹기로 했다. 역 앞에서 만나 마트에서 파는 반찬을 사서 집에 왔다.

막 함께 살기 시작했을 무렵에는 이쓰미가 저녁밥을 했는데, 어느 날 시판 소스로 만든 돼지고기 생강구이를 접시에 담아서 냈더니 남편이 진지한 얼굴로 "이런 건 근처 도시락집에서 파니까 다음부터는 그걸 사자"라고 말했다.

"둘 다 하루종일 일하는데 매일 저녁밥 만드는 거 힘들잖아. 나는 못하겠고, 내가 못하는데 당신한테 해달라는 것도 좀 아닌 거 같고, 돈만 내면 음식이야 어디서든 파니까 돈에 쪼들리지 않는 한 사 먹으면 되지 않을까?"

이쓰미는 성관계 때만 들을 수 있는 사랑한다느니 예쁘다느니 하는 소리보다, 그 말에 생활과 맞닿은 애정이 담긴 것 같아서 기뻤다.

결혼한 지 십 년이 지났다. 아침은 빵을 먹고, 점심은 직장에서, 저녁은 도시락이나 마트에서 산 반찬이나 선술집에서 포장한 요리로 해결한다. 각자 알아서 자기가 먹을 저녁밥을 구해 각자 집에 온 시간에 먹었다. 그건 이쓰미가 결혼 전에 상상했던 두 사람의 관계보다 훨씬 선진적이었다. 자신이 태어나고 자란 바닷가 시골 마을에서는 절대 있을 수 없는 일이라고 생각했다. 아빠의 귀가가 늦어지는 날이면 이쓰미만 먼저 저녁을 먹었다. 아빠가 아무리 늦게 와도 엄마는 아빠가 올 때까지 기다렸다가 젓가락을 들었다.

두 사람의 이런 생활을 보고 시어머니는 '소꿉장난 같다'고 한다. "그거 좋구나, 소꿉장난 같아서 재미있겠네." 시어머니가 들뜬 목소리로 그렇게 말할 때, 부러 꾸며낸 듯 반짝거리는 시어머니의 눈빛은 제 아들이 아니라 이쓰미를 향한다.

땡 하고 전자레인지에서 소리가 났다. 남편이 일어나서 김이 모락모락 나는 아게다시도후*를 가져온다.

"아게다시도후는 직접 만들어본 적이 없어서 어떻게 만드는지 모르겠어."

남편이 그렇게 말하면서 마트에서 받은 일회용 숟가락을 뺀다. "나도 몰라"라고 대답하며 이쓰미도 비닐 포장을 뜯고 숟가락을 꺼냈다.

오늘의 저녁은 마트에서 산 아게다시도후, 풋콩, 열두 개

---

* 반죽을 입혀 튀긴 두부에 육수나 간장으로 맛을 낸 소스를 부어 먹는 요리.

들이 초밥 팩과 샐러리 무침이었다. 이쓰미는 이중 자신이나 남편이 만들 수 있는 음식은 삶은 풋콩뿐이라고 생각한다. 풋콩을 껍질째 입으로 가져가서 입술 가까이 붙이고 속에 든 콩만 빼먹는다. 남편이 식탁 위를 덮듯 손을 뻗어 간장을 집었다. 그 순간, 확실하게 냄새가 났다. 말하자, 이쓰미는 결심하고 입을 연다.

"있잖아, 오늘도 목욕 안 할 거야?"

"혹시 냄새나?"

"응. 자기는 모르겠어?"

"실은 나도 알아."

남편은 희미하게 웃으면서 아게다시도후 팩 위에 젓가락을 놓더니 팔을 들고 코를 겨드랑이 근처로 가져가 냄새를 맡고, 티셔츠 목 부분을 손가락으로 벌린 다음 고개를 숙여서 그쪽도 냄새를 맡았다. 킁킁 하고 코로 숨을 들이마시는 소리가 났다. "역시 좀 냄새나네"라고 남편이 말했다.

"언제부터였지, 목욕 안 한 게?"

"오늘로 나흘째? 그쯤 됐어. 아마도."

"목욕하는 게 귀찮아서 그래? 어디 아프거나 감기에 걸린 건 아니지?"

"몸은 전혀, 하나도 안 아픈데, 왠지 싫어서. 목욕이 아니라 물이."

"물?"

"응. 물. 수돗물 말이야, 냄새나지 않아?"

"딱히…… 평소랑 똑같은 거 같은데. 왜? 소독약 냄새나?"

"글쎄, 잘 모르겠어. 소독약인가? 그리고 좀 아파."

"아프다고?"

남편의 얼굴은 난감한 것 같기도 하고 헤실헤실 웃는 것 같기도 하다.

자리에서 일어난 이쓰미는 부엌으로 가서 싱크대에 엎어둔 유리컵에 물을 따라 마셨다. 의식하면 확실히 소독약 냄새가 난다. 하지만 못 마실 정도는 아니다. 이쓰미가 막 도쿄에 왔을 무렵에는 역시 시골 물이 더 맛있다고 생각했지만, 십팔 년 가까이 살다보니 완전히 익숙해졌다. 게다가 남편은 도쿄 23구 안에서 태어나고 자랐다. 이 수돗물로 자라온 사람이 이제 와서 대체 뭘 신경쓰는 건지.

가까이 다가온 남편이 이쓰미의 손에서 유리컵을 건네받아 입가로 가져갔다. 약 먹은 척하는 아이처럼 입에 넣지 않고 입술 바깥쪽에 댔을 뿐인데도 얼굴을 찡그리며 떼어낸다. "역시 냄새나"라고 한다. 옆에 서니 남편의 체취가 확실히 지독하게 느껴졌지만, 그렇게 생각한다는 사실을 알면 남편이 상처받을 것 같아 이쓰미는 애써 조용히 숨을 들이마신다.

"마시는 거야 녹차나 맥주를 마시면 되니까 상관없지만, 목욕은 머리부터 뒤집어쓰잖아."

"으음" 하고 이쓰미는 동의도 부정도 아닌 목소리로 대답했고, 두 사람은 어영부영 식탁으로 돌아와서 식사를 계속했다. 열두 개들이 초밥 팩의 고등어초밥에 젓가락을 뻗는다. 고등어는 이쓰미, 참치는 남편, 방어는 이쓰미. 이런 식으로 누가 뭘 먹을지는 서로 말하지 않아도 어쩐지 정해져 있다. 식초로 절여도 사라지지 않는 고등어 비린내가 코안에서 느껴졌다.

저녁을 다 먹은 뒤, 이쓰미는 남편 손을 잡고 욕실까지 끌고 갔다. 남편은 싫은 표정을 지으면서도 따라왔다. 난방이 켜진 거실에서 복도로 나가자 금세 발바닥부터 차가워진다.

"옷 벗어."

이쓰미가 말하자 남편은 표정을 굳힌 채 정말 싫다는 듯 느릿느릿한 손놀림으로 티셔츠와 반바지를 벗었다. 몸에서 옷을 떼어내는 움직임으로 생긴 바람이 이쓰미의 코에 곧장 날아들었고, 그 냄새에 반드시 남편을 목욕시켜야겠다고 결심을 굳힌 이쓰미의 숨결에도 조금 전 털어마신 맥주 두 캔의 냄새가 섞여 있었다.

하기 싫은데, 라고 탈의실 바닥에 흘리듯 말하는 남편의 숨결 역시 같은 냄새가 났다.

자신이 떨군 말을 덮어놓듯 남편은 양손으로 속옷 허리 부분을 벌려서 그대로 떨어뜨렸다. 발목에 걸린 속옷에서 오른발과 왼발을 차례로 들어올렸다.

알몸이 되고 보니 체취가 평소보다 조금 짙다는 점을 제외하면 겉으로는 아무것도 달라지지 않은 듯 보였다. 살구색 피부. 남성기가 힘없이 늘어져 있다.

"추워."

남편의 말에 이쓰미는 침실에서 전기 팬히터를 가져와 탈의실 콘센트에 꽂았다. 욕실 건조기의 온풍도 켠다. 팬이 도는 엔진소리가 들렸다.

욕실 미닫이문이 닫히고 샤워기에서 나오는 세찬 물줄기가 벽에 부딪히는 소리가 들렸다. 온수가 나오려면 삼십 초쯤 걸리니 그동안 샤워기가 벽 쪽을 향하도록 한 것일 테다.

이쓰미는 난방이 켜진 거실로 돌아와서 텔레비전을 켰다. 특별히 보고 싶은 것도 없이 채널을 돌리던 중 어디선가 보았던 코미디언이 무명시절의 고생담을 털어놓는 방송을 발견해서 이거나 볼까 하고 리모컨을 탁자 위에 내려놓은 순간, 남편이 거실문을 열고 들어왔다.

"어, 뭐야. 벌써 나왔어?"

남편은 벌거벗은 채였다. 어깨에 검은색 목욕수건을 걸치고 있었다. 다가가서 수건 위로 남편 어깨에 손을 얹는다. 수건은 거의 젖지 않았고, 남편의 몸도 머리카락도 눈에 보이는 곳 어디도 젖어 있지 않았다.

"안 되겠어."

남편이 말했다. 눈 밑이 쪼글쪼글했다.

"실패야. 샤워 못하겠어. 그냥 너무 싫어."

이쓰미는 남편의 어깨부터 등까지 손을 대고 쓰다듬었다.

위에서 아래로 반복해서 손을 움직이면서, 허리 바로 위에서 끝나는 목욕수건의 끝자락 부근에서 제일 위로 손을 되돌렸다가 다시 아래로 쓰다듬었다.

물에서 냄새나. 그래서 몸에 닿으면 가려운 기분이야. 실제로 가려운 게 아니라. 그 뭐냐, 예를 들면 중고 서점의 창고 구석에 있는 상자에 십수 년 전부터 잠들어 있는 먼지투성이 갈색 고서가 있다 쳐. 그 책을 만지면 왠지 손이 가려워지는 듯한 그런 감각의 가려움이야. 지금까지 어떻게 이런 걸 태연히 만져왔는지 모르겠어. 이렇게 냄새나는 걸 마시거나 몸에 묻혀왔다고 생각하면 그것조차 싫어. 미안.

벌거벗은 채 얘기하던 남편은 마지막에 그렇게 사과하고 이쓰미가 내민 새로운 속옷과 티셔츠와 반바지를 순서대로 몸에 걸쳤다. 그러는 편이 좋을 것 같아 티셔츠는 짙은 회색으로 했다.

남편을 위로하고 남편 말에 귀기울이며 이쓰미는 혼잣말한다. 혹시 정말로 계속 목욕을 안 할 거야? 놀라웠다. 이 온화한 사람과 결혼하고 삼십대도 중반을 넘기면서 이제 인생에는 예기치 못한 일 따위 더이상 일어나지 않을 것 같았다.

아이를 가지려는 것도 그만뒀고, 부부 둘이 그런대로 즐기면서 나이를 먹어가리라 생각했다. 나이를 먹는 상상 속에서는 시간의 흐름이 몹시 빨라서 마치 징검다리 같았다. 서른다섯 살인 지금, 쉰 살 무렵, 일흔 살 무렵, 그리고 죽음.

남편은 냉장고에서 새 캔맥주를 꺼내 마시기 시작했다. 이쓰미는 이제 맥주는 그만 마시고 싶었지만 목이 말랐고, 그렇다고 지금 남편 눈앞에서 수돗물을 마시기는 꺼려져 어쩔 수 없이 같은 캔맥주를 꺼내 마셨다. 세면대 바닥에 남편이 얼굴을 닦는 데 쓴 생수가 아직 남아 있을 테지만 그건 더욱이 마실 수 없었다.

다음날 아침, 남편에게서 강한 비누 냄새가 났다. 아무래도 옷이나 소파에 뿌리는 스프레이식 탈취제를 쓴 모양인지, 냄새는 남편의 몸이 아니라 남편이 입은 티셔츠와 반바지에서 풍겨왔다. 혹시나 해서 침실 옷걸이에 걸린 남편의 정장을 들어올리자 같은 냄새가 났다. 그 역시 신경쓰고 있지 않을 리가 없다는 생각이 들자, 이쓰미는 점점 더 어찌해야 할지 몰랐다.

이쓰미가 "다녀올게"라고 말했을 때, 남편은 흰색 셔츠와 진회색 슬랙스를 입고 텔레비전 뉴스를 보면서 커피를 마시고 있었다. 셔츠, 흰색 입었구나. 신경쓰인다. 남편 직장이 집에서 더 가까워서 이쓰미가 먼저 집을 나선다.

남편의 머리는 얼핏 봐도 평소와 상태가 다르다는 걸 알 수 있었다. 한 올 한 올 독립되지 않고 기름으로 서로 엉겨붙어 있었고, 그 무게로 축 처져서 평소보다 더 검은빛을 띠었다. 기분 탓에 그렇게 보이는 건지는 몰라도 얼굴색도 짙어졌고 수염도 자라 있었다.

"잘 갔다 와"라는 남편의 말에, 한번 더 "다녀올게"라고 대답하고 집을 나선다. 오늘은 한층 더 공기가 차가워서 코로 숨을 쉬는 게 아프다. 낮게 드리운 구름에 흐릿한 줄무늬가 보인다. 눈이 내릴지도 모르겠다. 날씨가 추워야 냄새가 덜 퍼질 테고, 마스크를 한 사람도 많다. 이쓰미는 스스로 격려하듯 그렇게 생각하고, 어느새 빨라진 걸음으로 역을 향한다.

남편이 목욕을 안 한 지 오늘로 닷새째다. 이쓰미는 코트 주머니 속에서 손가락을 접어 셌다. 만일 남편이 주말에 쉬는 동안에도 목욕을 안 하면, 다음주에 출근할 때는 꼬박 일주일을 씻지 않은 셈이 된다. 대학생 때 친구가 맹장염으로 일주일 정도 입원해서 병문안을 갔었다. 사흘에 한 번은 샤워하고 젖은 수건으로 몸도 닦았지만 그래도 "엄청 끈적여"라고 했었다. 지하철의 흔들림에 몸을 맡긴 채 이쓰미는 한숨을 내쉰다. 일주일이나 목욕을 안 한다니, 몸이 어떻게 될지 잘 상상되지 않는다.

직장 근처 역에서 내린다. 역에서 나오면 바로 보이는 편의점 앞에 한 여자가 서서 울고 있었다. 이쓰미보다 조금 젊다. 고개를 숙이거나 상체를 수그리지도 않은 채 등을 꼿꼿이 펴고 서서 역을 똑바로 바라보며 흐느껴 운다. 인파를 이루며 역에서 걸어나오는 사람들이 여자의 울음소리를 알아채고 슬며시 진로를 바꾼다. 이쓰미도 그렇게 했다. 최소한의 눈길만 힐끔 던져 상황을 확인하고 곧장 시선을 돌린다. 도쿄에 와서 살면서 보지 않는 데 익숙해졌고, 지나치고 나면 금세 잊는 데도 익숙해졌다. 이런 사람이야 거리를 걷다 보면 얼마든지 있으니 일일이 신경쓰지 않는다. 무슨 일로 우는 걸까 생각하지도 않는다. 얼핏 본 그 사람은 단정한 인상이었다. 밝은 회색 코트는 청결해 보였고, 스타킹을 신었고, 머리도 차분했다. 비명에 가까운 울음소리가 몇 초간 불쾌감을 남기고 귀를 빠져나간다. 길거리 뮤지션처럼 역 앞에서 울음소리를 선보이는 사람도 목욕은 하고 있겠지, 하고 이쓰미는 생각한다.

남편이 얼굴을 닦는 데 쓴 생수를 떠올렸다. 세면대 아래 놓인 2리터짜리 페트병. 수돗물은 도저히 싫은 모양이다. 그렇다면 생수로 가득 채운 욕조에는 들어갈 수 있을지도 모른다. 아마 가능하겠지만 대체 몇 리터나 필요할까. 물은 데우지 않는다 쳐도, 샤워기 대신 생수를 머리부터 뒤집어쓰는 건가? 대체 얼마나…… 돈 문제는 아닐지도 모르겠지만, 아니 돈 문제이기도 한데다, 그래, 이건 부부의 문제다.

회사에 도착했다. 회사 부지에 들어서면 바깥 큰길에서도 보이는 곳에 바로 작은 분수가 있다. 이쓰미가 입사하기 전, 회사가 돈을 더 잘 벌고 일본 경제 자체도 활력이 있던 시절에 당시 사장이 만들게 했다고 들었다. 성인 다섯 명이 손을 잡고 둘러설 수 있을 정도의 크기인데, 중앙에 설치된 둥근 분수는 항상 물을 내뿜고 있다.

이쓰미는 매일 이 분수 안을 들여다본다. 아침저녁으로

하루 두 번 확인한다. 분수 주변은 한층 더 낮게 파여서 물이 고여 있다. 수돗물을 소독해서 순환시키는 모양인지, 가까이 다가가면 강한 소독약 냄새가 났다. 안쪽 타일에는 이끼도 없다. 소독약도 강할 테고, 정기적으로 물을 빼서 청소하는 모습을 보기도 했다. 그러니 이런 곳에 물고기는 없다. 잘 알면서도 이쓰미는 물이 고여 있으면 무심코 안을 들여다보고 만다. 그리고 오늘도 아무것도 없는 것을 확인한다. 이른 아침에 얼음이 얼었던 모양이다. 깨진 파편이 떠 있다.

사무실이 있는 사층짜리 건물 옆에는 대형 창고가 몇 동이나 늘어서 있고, 대형부터 소형까지 다양한 형태의 트럭이 끊임없이 드나들었다. 이곳에서 시내에 있는 회사나 가정집 또는 각지의 물류 창고로 물건을 운반한다. 이쓰미는 그 화물을 발송하는 일을 관리하고 있다. 사무실 창문으로는 물건을 옮겨왔다가 다시 옮겨나가는 트럭과 사람들의 움직임이 계속 보이지만, 이쓰미가 그 현장에 실제로 발을 들여놓는 건 현장감독과 얘기해야 할 때뿐이고, 대부분의 시간은 컴퓨터 화면을 쳐다보며 보냈다. 컴퓨터 속에서는 종이상자에 담긴 화물, 컨테이너, 트럭과 운전기사까지 죄다 숫자로 치환

되어 쉴새없이 화면 위를 이동했다. 관리시스템 표에서 잠시만 눈을 돌리면 1이 100이 되고, 100이 1,000이 되었다.

이쓰미는 제일 적절해 보이는 경로와 화물 할당을 구상하고 수치를 계산해서 지시서에 반영한 다음 현장감독에게 데이터를 송신했다. 그리고 바로 전화를 걸어 지시서만으로는 전달되지 않는 부분을 설명하고 나머지는 현장의 판단에 맡기겠다고 말했다. 전화 건너편이 시끌시끌 소란스러운 걸 보니 현장감독 근처에 트럭 운전기사가 모여 있는 듯했다. 고함 같은 웃음소리가 들렸고, 통화중인 현장감독의 목소리보다 가까이서 "아가씨가 뭐래?"라는 호통소리가 들렸다.

대학을 졸업하고 이 회사에 입사하기로 결정되었을 때, 인사담당자는 이쓰미의 이력서를 훑어보고 "여기는 시골에서 올라온 사람이 더 오래 버텨요"라고 했다. 당시는 무슨 말인지 이해되지 않아 시골 출신이라고 무시하는 줄 알았지만 지금은 잘 안다.

이쓰미가 태어나고 자란 시골은 간사이 사투리의 울림까지 더해져서 말투가 드세고, 사람들 목소리도 하나같이 큰 거친 마을이었다. 다이쇼*시대에 태어난 할아버지는 패밀리

레스토랑 테이블의 호출벨을 누르는 정도의 가벼운 마음으로 할머니를 때렸고, 친척 아저씨들은 다 자식이나 손자와 함께 텔레비전을 볼 때도 여배우나 십대 아이돌을 보고 아무렇지 않게 천박한 농담을 입에 담았다. 돌아가신 아빠는 그런 사람이 아니었지만 주위가 그런 식이다보니 익숙해지기 싫어도 익숙해졌을 테다.

'회사 부지 내 금연'이라고 빨간 글씨로 적힌 표지판 아래서 연기가 뭉게뭉게 피어오르는 구식 담배를 입에 물고 "아가씨, 안녕" 하고 고함치듯 말을 걸어오는 트럭 운전기사들을 보고 여자 동기들은 무섭기도 하고 왠지 자기를 미워하는 것 같다며 다 그만두고 말았다. 이쓰미는 입사한 지 십사 년째인 지금도 여전히 '아가씨'라고 불린다. 바보 취급을 당하고 있다는 건 안다. 그래도 아무렇지 않다. 그래서 계속 일할 수 있었다.

영수증을 제출하러 사무실에 온 운전기사와 서서 대화한다. 날씨 얘기와 고속도로 공사 얘기. 담배와 댓진 냄새가 나

---

* 일본의 연호(1912~1926년).

는 숨결에 남성용 헤어 제품의 독한 향기가 뒤섞인다. 자연
스럽게 한 걸음 거리를 두지만, "그래서 말이지" 하면서 순
식간에 거리를 좁혀온다. 앞머리에 흰 비듬이 붙어 있다. 외
선 전화가 울린 덕분에 해방된다.

문득 2리터짜리 페트병 생수가 회사 창고에 얼마나 있는
지 궁금해져 관리시스템에서 검색해본다. 열두 개들이 상자
가 4만 개 정도 있는 것 같았다. 대충 백만 리터나 있다는 소
리다. 집에 있는 입욕제에는 '온수 200리터에 한 봉지를 녹
여주세요'라고 적혀 있었다. 일반 가정집 욕조 하나가 200리
터쯤 된다고 하면, 오천 번 목욕할 수 있는 분량이다. 오천
번이면 매일 목욕해도 십삼 년 이상이다. 이쓰미는 실현되지
도 않을 그런 상상을, 숫자를 근거삼아 덧칠하며 묘한 안심
을 느낀다.

일을 마치고 집으로 돌아가던 중 지하철에서 JR로 갈아타
는 지하통로에서 남성 노숙인을 보았다. 기둥과 방화문 사이
에 종이상자를 깔고 앉아 있다. 팔을 등뒤로 돌려서 긁는 모
습이 몹시 괴로워 보여서, 목욕을 안 하면 몸이 가려워지는
구나 생각했다.

그 주말은 이쓰미도 목욕을 안 해봤다. 금요일 밤에 집에 와서 세수만 했다. 토요일 아침도 세수만 하고, 밤에는 세수도 하지 않고 잤다. 일요일 아침, 얼굴을 씻는데 손가락 끝이 앞머리 뿌리의 축축한 기름기에 닿았다. 그때부터 제 냄새가 신경쓰이기 시작하더니, 소파 옆에 앉은 남편이 몇 배나 더 지독한 냄새를 풍기는데도 저를 냄새난다고 생각할까봐 싫어졌다. 그래서 일요일 저녁을 먹기 전에 샤워했다. 목요일 밤 이래 사흘 만에 하는 목욕이었다.

욕실 거울에 비친 자신을 쳐다본다. 기름기 때문에 머리카락이 두피에 착 달라붙어 있다. 벌거벗은 몸은 특별히 달라진 점이 없어 보였지만, 씻으려고 쭈그려앉으니 사타구니에서 비릿한 냄새가 났다. 음모에 엉겨붙은 분비물 덩어리를 떼어내려고 했더니 털째 뽑혔다. 간지러워서 손가락으로 목을 세게 긁자 손톱과 피부 사이에 회색 때가 끼었다. 샴푸와 보디샴푸를 평소보다 넉넉히 썼다. 남편은 이쓰미가 목욕을 하든 안 하든 아무 말도 하지 않았다.

샤워를 한 뒤, 이쓰미는 마트에 가서 2리터 생수를 다섯 병 사 왔다. 그게 손으로 들고 올 수 있는 최대량이었다. 거실 탁자 위에 올리자 무게 때문에 바닥이 삐걱댔다. 쳐다보는 남편과 눈을 맞추며 이쓰미가 말했다.

"목욕 안 할 거면, 이걸로 머리랑 몸을 헹궈."

"나, 그렇게 냄새나? 양치는 하고 있고, 얼굴이나 겨드랑이도 휴지 적셔서 좀 닦았는데."

남편은 상처받은 눈빛으로 말하면서 겨드랑이에 얼굴을 가까이하고 냄새를 맡는다. 닦았다는 것치고 세면대에 놓인 페트병 생수는 그다지 줄어든 것 같지 않다.

"어쨌든 이거 전부"라고 말하며 이쓰미는 생수 다섯 병을 가리켰다. "전부 다 써."

'제발'이라는 말까지 해버리면 남편이 진짜 상처받을 것 같아 이쓰미는 일부러 명령조로 내뱉고는 비닐봉지를 부스럭대며 직접 욕실로 생수를 옮겼다. 남편은 단념한 듯 그 뒤를 따라가 세면대 앞에서 옷을 벗고 알몸이 되었다. 그리고 전과 마찬가지로 "추워"라고 말한다. 이쓰미는 욕실의 온풍 스위치를 누르고, 자신도 욕실에 들어가 빈 욕조 안에 섰다.

"물 끼얹어줄 테니까 양손으로 머리랑 몸 좀 씻어."

이쓰미의 말에 남편은 고개를 끄덕이고는 욕실에 들어가서 쭈그려앉아 사타구니를 들여다보듯 고개를 숙였다.

"몸에는 별로 끼얹지 마. 추우니까. 머리에만 뿌려줘."

남편이 웅얼거리며 내뱉은 말을 듣고 이쓰미는 그제야 그게 온수가 아니라는 당연한 사실을 깨닫는다.

천장 송풍구에서 나오는 따뜻한 바람이 머리에 닿는다. 그렇더라도 2월의 욕실은 바닥부터 차가워서 욕조 안에 선 이쓰미의 발바닥도 차게 식었다. 그래도 이쓰미는 '미안' 하고 제 머릿속으로만 말한 다음 첫번째 페트병을 열어서 남편 머리 위에 쪼르르 붓기 시작했다.

남편은 "흐액" 하고 짧게 비명을 지르더니, "히익" 하고 신음하며 양손으로 머리를 비비기 시작한다. 이쓰미는 되도록 물이 머리에서 배수구로 곧장 떨어지도록 각도를 조절하면서 남편 머리에 생수를 부었다.

"샴푸 쓸래?"

"아니, 물이면 됐어."

"알았어."

실은 샴푸를 써주길 바랐지만 일단 물로 씻는 것만으로도 다행으로 생각하고 그 이상 강하게 권유하지 않았다. 하지만 아직 생수 한 병도 다 쓰지 않았는데 "이제 됐어"라고 하는 남편의 목소리는 무시하고 한 병을 더 열어서 머리에 다 털어 부었다.

두번째 페트병이 비었을 때, 남편이 젖은 머리를 들고 말했다.

"머리는 이제 진짜 됐어."

물방울이 떨어져서 차가운 모양인지 "수건, 수건"이라고 중얼거리며 문을 열고 세면대에 놓인 크림색 수건으로 머리를 감쌌다.

온풍을 계속 켜둔 덕분에 욕실은 꽤 따뜻해졌지만 남편이 잠깐 문을 연 사이 탈의실에서 차가운 공기가 흘러들어왔다. 그 너무나도 선명한 냉기에 이쓰미는 조금 냉정을 되찾는다. 대체 뭘 하는 걸까. 그런 생각이 들자 오른손에 든 2리터 페트병이 갑자기 묵직하게 느껴진다.

"몸은 어떡할래? 샤워기처럼 위에서 부어줄까?"

"아니, 아무래도 너무 차가워. 여기에 부어줘."

남편이 양손으로 오목한 그릇 모양을 만들길래 거기에 물을 붓는다. 남편은 그것을 발목에 한 번, 고간에 두 번, 팔을 비틀어 엉덩이 쪽에 한 번 끼얹고는 손으로 비볐다. 그다음 한 손으로 작은 그릇을 만들어서 좌우 겨드랑이 밑을 각각 문지르고, 마지막으로 다시 양손 그릇으로 얼굴을 헹궜다. 한 번으로 끝내려고 하기에 이쓰미는 다시 물을 부었다.

"얼굴은 한번 더 씻어. 귀 뒤도 씻고."

"조금 전에 머리 씻으면서 이미 씻겼을 텐데."

남편은 그렇게 대답하면서도 이쓰미가 시키는 대로 한번 더 얼굴을 헹구고 그 손으로 귀 뒤도 문질렀다. 후우 하고 과장되게 숨을 내쉰다. 욕실문을 열고 걸어둔 목욕수건을 빼서 몸을 닦기 시작했다.

거의 온몸이 젖어 있으니 마지막으로 위에서 물을 쫙아 끼얹어버리고 싶다고 이쓰미는 생각했지만, 남편이 전부 다 끝냈다는 상쾌한 표정을 짓고 있어서 어쩔 수 없이 욕실에서 나온다. 다섯 병 있었던 생수는 이제 한 병 남았다. 차게 식은 탈의실 공기가 이쓰미의 젖은 손발에서 급속도로 열을 빼앗아갔다. 이쓰미가 새 수건으로 손발을 닦는 사이 남편은 티셔츠와 반바지를 입고 "아휴 추워, 다 식었네, 춥다"라고 말하면서 한발 먼저 거실로 돌아갔다.

뒤늦게 이쓰미가 거실에 들어가자 남편은 소파 속에 파묻히듯 몸을 웅크리고 앉아서 절전 상태의 노트북을 다시 켜던 참이었다. 무릎을 굽히고 손으로 다리를 잡고 있다.

"좀 개운해졌어?"

이쓰미가 묻자 남편은 이쓰미의 얼굴을 힐끔 보고는 금세 시선을 노트북 화면으로 돌리며 "그렇지도 않아"라고 대답했다. 막차 시간까지 야근하고 온 듯한 목소리였다.

"개운한 느낌보다 훼손됐다는 느낌이 더 커."

웃음소리가 폭발하듯 울려퍼졌다. 목욕하기 전에 보고 있던 코미디 방송이 이어서 재생되었다.

물로 헹구기만 했을 뿐이지만 남편은 조금 깨끗해졌다. 하지만 그렇게 느낀 건 고작 며칠이었고, 사흘이 지날 무렵에는 머리카락과 피부 상태가 확연히 이상해 보였고 냄새도 심해졌다. 땀과 오줌이 섞인 듯한, 하지만 묘하게 달큼하기도 한 남편의 냄새를 맡으면 몸이 가렵거나 아프지는 않은지 걱정된다.

이쓰미는 마트와 드러그스토어에 갈 때마다 물을 안 쓰고도 머리를 깨끗하게 할 수 있는 드라이 샴푸와 데오도란트 스프레이, 비누 냄새가 나는 물티슈를 사게 되었다. 자신도 쓸 거라면서 사 왔지만 남편은 이쓰미를 위해 그것들을 한 번씩만 쓰고는 그대로 방치했다. 한 번도 안 쓰는 것보다 악질이라고 이쓰미는 생각한다. 세탁기를 돌릴 때는 섬유유연제를 예전보다 훨씬 많이 넣게 되었다.

"있잖아, 요전번처럼 생수로 몸 안 씻을래? 제발 좀."

씻고 나오면서 남편에게 말을 걸었다. '제발 좀'이라고 해 버리고 나서야 마치 남편을 공격하는 듯한 말투가 되었다는 사실을 깨닫는다.

편안하게 몸을 늘어뜨리고 소파에 앉아 있던 남편의 표정이 삽시간에 굳어졌다. 평소처럼 무릎 위에 놓인 노트북에서 몇 년 전에 죽은 배우의 목소리가 흘러나온다. 오늘은 영화를 보고 있는 모양이다.

"무슨 일이 있어도?"

"무슨 일이라니……"

"이쓰미는, 무슨 일이 있어도 내가 목욕했으면 좋겠어?"

그렇게 물으니 이쓰미는 난감했다. 목욕은 했으면 좋겠다. 무슨 일이 있어도, 처럼 강한 말을 덧붙이면 주춤하고 마는 건, 당신을 위해서 하는 말이라는 마음이 있기 때문이었다. 나를 위해 무슨 일이 있어도 반드시 목욕을 해달라는 게 아니라 당신을 위해서 무슨 일이 있어도 반드시.

남편이 일하는 곳은 사무용 책상과 의자, 디스플레이를 임대하는 회사로, 그곳에서 남편은 새로운 거래처를 상대로 영업을 하고 있다. 투덜거리기는 해도 진심으로 관두고 싶다고 한 적은 없다. 남편의 머리는 눈으로 봐도 분명히 알 수 있을 정도로 딱딱하게 굳었고, 몸 냄새는 이제 체취라고 부를 수 있는 범주를 뛰어넘었다. 몸에서 냄새가 나고 더러우면 아무리 일에서 좋은 결과를 낸다 한들 전부 산산조각날 수 있었다. 애초에 신규 계약을 따기 위한 영업 일인데 지독한 냄새를 풍기면서 제대로 할 수 있을 리 없고, 무엇보다 직장 동료들은 냄새난다고 안 해?라고 묻고 싶다. 그런 말을 들었다면 어떤 상태로 들었고 어떤 말로 전달받았는지 알고 싶고, 안 듣고 다닌다면 동료들이 어떤 눈으로 바라보고 있는지 알고 싶다.

"무슨 일이 있어도 목욕했으면 좋겠냐고? 그래, 그랬으면 좋겠어."

하지만 이쓰미는 그렇게 대답했다. 여기서 자신이 굽히면 안 된다고 생각했다. 남편은 분명하게 상처받은 얼굴로 "그럼 생수로 씻고 올게"라고 말하며 자리에서 일어서더니 부엌 바닥에 늘어놓은 2리터 페트병을 몇 개 끌어안았다.

"도와줄게."

"아니, 혼자 할 수 있으니까 괜찮아."

남편은 이쓰미의 말을 거절하고 욕실로 향했다. 닫힌 욕실문 밖에서 바닥에 물이 튀는 소리를 들으며 이쓰미는 욕실 건조기의 온풍 스위치를 눌렀다.

욕실에서 차가운 물을 뒤집어쓰는 남편을 남겨두고 따뜻한 거실로 돌아가는 게 내키지 않아 이쓰미는 침실로 들어갔다. 침대에 걸터앉았다. 이불에 들어가는 건 반칙인 것 같아서 그대로 이불 위에 앉았다. 옷걸이에 남편의 정장이 여러 벌 걸려 있다. 어느 것이고 낡아서 상한 게 눈에 띈다. 새 정장을 사야 할지도 모르겠다.

조용히 생각할 때가 많은 저 사람이 여기저기 돌며 물건을 파는 영업직에 있다보면 힘든 일도 많지 않을까, 하고 이쓰미는 상상한다. 십수 년이나 해오고 있는 일을 두고 적성에 안 맞는 것 아니냐는 등 하는 말을 입에 가볍게 올릴 순 없지만, 그렇다고 해서 이대로 일을 계속할 수 있을까 하는 생각도 든다.

"이런 데서 뭐해?"

욕실에서 나온 남편이 침실로 들어온다. 몸에 목욕수건을 두르고, 손에 갈아입을 옷을 들고 있었다.

"여기 있으면 춥잖아."

남편은 그렇게 말하고서 목욕수건을 벗고 옷을 갈아입기 시작한다. 티셔츠와 반바지를 입고 춥다면서 침대로 올라온다. 이쓰미는 남편이 이불에 들어가기 쉽도록 엉덩이를 들고 옆으로 비켰다.

자신이라면 지쳐서 힘들 때 가만 내버려두길 바랄 것이다. 틈을 두지 않고 속으로 파고들어 그 안에 있는 것을 전부 늘어놓고 하나하나 설명해나가며 해방감을 느끼는 사람도 있겠지만, 이쓰미는 힘든 일을 설명하기만 해도 더 괴로워진다. 그러기에 깊이 파고들어 캐묻는 건 내키지 않았지만 이불 위로 남편의 배 부근에 손을 얹고 물었다.

"전에 후배가 물을 끼얹었었다면서 집에 온 날 있었잖아. 그 거 왜 그랬던 거야?"

"아…… 그거."

설마 회사에서 따돌림당하는 건 아니지? 이쓰미가 그렇게 물어보기 전에 마지못한 기색으로 남편이 말하기 시작했다.

"정말로 그냥 장난이 좀 지나쳤던 거야. 술자리에서 흥이 난 상사가 후배한테 맥주를 뿌려서, 그 후배가 맞받아치려다 조금 주저한 건지 맥주가 아니라 물컵을 들었고, 그런데 이 유는 모르겠지만…… 상사가 아니라 나한테 끼얹은 거지."

얕보였구나. 이쓰미는 충격받았다. 남편은 직장에서 얕보이고 있다. 몹시 슬펐다. 남편은 물세례를 맞더라도 그 누구에게 다시 물을 끼얹지 않는다. "뭐야, 하지 마"라고 장난스럽게 웃으면서 말하고, 예상보다 더 흠뻑 젖을 만큼 물을 뿌려버려 당황한 후배가 내민 물수건으로 제 셔츠를 툭툭 두드려 닦고, 집에 갈 때 한번 더 사과하는 후배에게 "괜찮아, 괜찮아"라고 괜찮다는 말을 두 번 거듭해서 말할 법한 사람이다. 착하니까 얕보인다. 얕보는 게 나쁘다든가 착한 게 좋다는 것이 아니라, 단지 사실이 그렇다.

"그건 좀…… 제대로 화내도 되는 거 아냐?"

"화내봤자 소용없잖아. 게다가 그 후배 열심히 하거든."

"열심히 한다니?"

"영업 실적이 엄청 좋아."

남편이 웃으면서 한숨을 쉬고는 그 한숨을 감추듯 이불을 코 위까지 끌어올렸다.

젖은 머리는 드라이기로 말려야 한다고 어깨를 흔들었지만, 남편은 "됐어. 이제 잘래"라고 말하고 그대로 잠들어버렸다. 이쓰미는 거실로 가서 남편이 보던 노트북의 전원과 조명을 껐다. 이를 닦고 침실로 돌아오니 신음 같은 코골이 소리가 들렸다. 남편 뺨을 손가락으로 쿡 찌르니 코골이는 멎고 픽픽 높은 콧숨소리가 나기 시작했다. 침대에 누운 이쓰미는 확실하게 남편의 냄새를 느꼈다. 방금 물을 뒤집어쓴 참인데도 이제 물로는 어쩔 방도가 없구나, 하고 불안한 마음이 든다.

눈을 감자 잠들기 전 어슴푸레 밝은 눈꺼풀 뒤로 어린 시절 이웃집에서 기르던 대형 믹스견의 모습이 떠올랐다. 개는 초등학생이었던 이쓰미와 몸 크기가 거의 비슷했다. 털빛은 회색과 갈색이 뒤섞여 있었는데, 늘 헥헥대며 긴 혀를 축 늘어뜨리고, 머리를 쓰다듬으려고 손을 내미는 이쓰미의 팔을 자꾸 핥으려고 했다. 개가 핥은 곳은 뜨겁고, 침이 마르면 냄새가 났다. 하지만 몸을 비틀어 피하려면 오히려 신나서 꼬리를 흔들고, 계속 핥으려고 이쓰미의 앞으로 돌아와서 재롱 부리는 모습이 귀여웠다. 개도 목욕을 잘 하지 않는다. 목욕하지 않지만, 냄새가 날지언정 끌어안아도 괜찮다.

2
비

현관에서 "미안, 수건 좀 갖다줄래?"라고 남편이 외쳤다.

수건이라는 말에 커튼을 열어놓았던 창밖을 보니 이쓰미가 회사를 나설 때 이미 한 방울씩 내리기 시작했던 비가 이제 창문 너머로도 들릴 만큼 강한 소리를 내며 지면에 내리치고 있었다. 바람도 세다. 작년에도 3월이 끝나갈 무렵 이렇게 바람과 함께 비가 세차게 내리더니 다음날부터 갑자기 따뜻해졌던 일이 생각났다. 거실에서 나와 세면대에 개어서 쌓아둔 세안용 수건을 손에 든다.

"젖었어?"

남편에게 말을 걸면서 현관으로 향한다.

젖은 정도가 아니었다. 현관 타일에 얕은 물웅덩이가 생겼다. 그 물웅덩이 중심에 머리끝부터 정장, 가죽 구두 끝까지 남김없이 빗물에 푹 젖은 남편이 서 있었다.

이쓰미는 당황 섞인 감탄사를 흘리며 세안용 수건을 건네고, 곧바로 목욕수건을 꺼내러 세면대로 되돌아갔다. 개어서 쌓아둔 목욕수건 중 제일 위에 있는 것을 꺼내며 '그 방법이 있었구나' 하고 이쓰미는 묘하게 감탄했다. 남편 손에는 비닐우산이 접힌 채 들려 있었다.

현관에서 정장을 벗고 러닝셔츠와 속옷 차림이 된 남편은 "안 되겠어, 이것도 젖었어"라고 말하더니 결국 옷을 다 벗었다.

"이렇게 온몸이 다 젖은 건 오랜만이야."

남편은 들뜬 목소리로 말하고 목욕수건으로 몸부터 닦기 시작한다. 닦는 족족 머리에서 어깨로, 팔로 물방울이 떨어졌다. 이쓰미는 자기가 젖은 것도 아닌데 갑자기 추워져서 걷어올렸던 후드티의 소매를 손목까지 내리고, 현관 옆에 쭈그려앉아 남편 가방의 내용물을 납작하게 눌러둔 종이상자 위에 늘어놓았다. 지갑과 손수건은 평소 들고 다녔던 듯한 비닐 에코백에 감싸여 있었다. 눅눅해지기는 했어도 속까지 젖지는 않았다. 오직 가방만이 비를 빠져나온 증거인 양 젖어서 가죽 특유의 동물 냄새를 풍기고 있었다.

남편은 터번처럼 수건을 머리에 두르고 있다. 이대로 목욕하면 좋을 텐데.

"이렇게 다 젖었으니까, 오늘 페트병 목욕할래?"

이쓰미가 묻자 남편은 작게 웃음을 터뜨리더니 "농담이지?"라고 말했다. 농담이라기에는 일전에 생수로 머리와 몸을 헹군 뒤로 꽤 시일이 흘렀다고 이쓰미는 생각한다. 벌거벗은 남편의 팔에 닭살이 돋아 있다. 오른손을 뻗어 남편의 팔죽지를 만지자 촉촉하고 속에서부터 차갑다. 손바닥의 열을 빼앗아간다. 따뜻한 목욕을 할 수 없다면 하다못해 담요라도 감싸서 몸을 데워야 한다고 이쓰미가 말하려 할 때, 남편이 알몸에 터번을 한 모습으로 등뒤의 현관문을 돌아보았다. 그대로 몇 초간 움직임을 멈추고 뭔가 생각한다. 번뜩 든 생각에 이쓰미가 타박하듯 목소리를 높인다.

"아니, 그건 좀."

남편은 고개를 갸웃하며 일부러 "흐음" 하는 소리를 내더니 복도를 걸어서 실내복이 놓인 침실로 향했다. 온몸을 닦았을 텐데도 복도 마루에 처덕처덕 젖은 발자국이 남는다.

남편이 새 속옷과 러닝셔츠, 티셔츠와 반바지를 몸에 걸치는 사이, 이쓰미는 침실문 앞에 서서 그 모습을 쳐다보고 있었다. 남편은 이쓰미의 얼굴을 안 보려고 애쓰며 허둥지둥 옷을 갈아입고 현관으로 향했다.

"잠깐이면 돼."

이쓰미도 말없이 남편을 뒤따라간다.

남편은 머리에 두르고 있던 수건을 "나중에 또 쓸 거야"라고 말하며 현관 앞에 둥글게 말아서 놓은 뒤, 맨발에 샌들을 신고 나갔다. 현관문이 작은 소리를 내며 닫혔다. 현관에선 이쓰미 앞에서 문이 큰 소리를 내며 닫히지 않도록 밖에서 문고리를 잡고 살며시 닫는 남편의 모습이 떠올라 이쓰미는 한숨인지 뭔지 모를 숨을 내뱉었다. 닫힌 현관문 너머에서 바깥 계단으로 이어지는 통로의 문이 닫히는 소리가 들린다. 엘리베이터는 안 탔구나. 이쓰미는 멍하니 생각한다. 남편이 목욕하지 않은 지 한 달이 지났다.

빨래 바구니에서 젖은 정장과 셔츠를 꺼내 살펴보니 셔츠

소맷부리와 옷깃이 갈색으로 더러워져 있었다. 오랫동안 축적된 거뭇한 더러움이 아니라 남편의 몸에서 셔츠로 이동한 지 얼마 되지 않은 옅은 더러움이었다. 셔츠 옷깃을 코 가까이 댄다. 눈을 비빈 뒤 손가락에서 나는 냄새와 비슷하다. 습한 냄새. 그 냄새를 몇 배나 진하게 한 느낌이다. 전부 세탁기로 옮겨서 세제를 넣었다. 물세탁이 가능한 정장이라 다행이라고 생각한다. 굳이 지금 바로 빨지 않아도 될 테지만 마음이 진정되지 않아서 뭔가 하고 싶었다. 못 가게 할 걸, 하는 생각이 이제 와서 강하게 든다. 목욕을 안 하는 것보다 나을 게 없다.

세탁기가 물을 휘젓는 소리를 내며 세탁을 시작하니 할일이 없어졌다. 별수 없이 거실로 돌아간다. 줄곧 켜져 있던 텔레비전 소리가 시끄럽게 느껴져 리모컨으로 껐지만, 조용한 방에 울리는 빗소리가 시끄러워서 곧장 다시 켰다. "봄 태풍입니다"라는 뉴스 캐스터의 목소리가 들렸다.

텔레비전을 끈 잠시간 들린 빗소리는 거셌다. 이런 밤에 우산도 쓰지 않고 걷는 사람이 있다면 이상하게 보일 테지. 이쓰미는 지금쯤 어딘가를 걷고 있을 남편을 상상한다. 평범하게 우산을 쓰고 있어도 발끝은 물론이고 허리 언저리까지 적셔버릴 비다. 조금씩 봄다워지고 있다고 하지만 아직 3월 밤, 티셔츠에 반바지와 샌들 차림을 한 남자가 흠뻑 젖은 채 걷는 모습은 이상한 것을 넘어서 무섭다.

이쓰미가 고향에서 태어나고 자란 십팔 년보다 도쿄에서 산 시간이 더 길어지려 하고 있다. 공교롭게도 올해가 딱 그 분기점이 되는 해다. 내년이면 도쿄에서 산 시간이 더 길어 지지만 "어디 출신이세요?"라는 질문은 분명 언제까지고 계 속 따라다닐 테다. 도쿄 사람은 태연한 얼굴로 배타적인 태 도를 보인다. 그 때문에 상처받기도 했지만 도쿄라는 동네 특유의, 타인을 구분지으면서도 큰 관심을 두지 않는 점이 이쓰미는 좋았다. 도쿄 사람들이 보기에 이쓰미는 대학에 진 학하며 시골에서 이주해 그대로 자리잡은 흔한 지방 출신자 였고, 남편은 도쿄에서 태어나고 자라 지금까지 한 번도 도 쿄 이외의 장소에서 산 적이 없는 전형적인 도쿄 출신자다. 그리고 두 사람을 나란히 붙여놓으면 삼십대 중반을 넘기고 도 아이가 없고, 맞벌이하며 시내 아파트에 살고, 유복하다 고 할 순 없어도 돈 걱정은 없는, 도쿄 안에 얼마든지 있는 유형의 부부가 된다.

흔해 빠진 부류로 있으면 아무도 관심을 가지지 않는다. 이 생활이 이쓰미와 남편에게 딱 맞는 이유는 둘 다 친구가 거의 없기 때문이었다. 예전에는 있었지만 그들에게 아이가 생기자 어울리지 않게 되었다. 아이가 있는 사람은 아이가 있는 사람들끼리 얘기를 나누는 편이 즐거워 보인다. 그렇게 이쓰미는 생각하고 있지만 실제로는 아이가 있는 사람들끼리 얘기하는 곳에 있는 게 지루해서 스스로 거리를 두고 있을 뿐인지도 모른다.

이쓰미도 머지않아 아이를 낳을 거라고 생각했었다. 아이를 갖고 싶다기보다 적극적으로 아이를 안 낳고 싶은 게 아니라면 있는 편이 좋겠다는 생각이었다. 지금까지 인생이 흘러온 대로, 특별한 사정이 없는 한 '진학하는 편이 좋고' '취직하는 편이 좋고' '결혼하는 편이 좋다'의 연속이었다. 하지만 아이는 생기지 않았다. 진학이나 취직이나 결혼과 달리 의지만으로 할 수 있는 일이 아니라고 이쓰미는 생각했다. 병원에도 다녔지만 이쓰미가 서른다섯 살이 된 시점을 계기로 그만뒀다. 처음부터 몹시 원했던 건 아니니 포기했다는 말은 맞지 않는 것 같다. 아이가 없어도 부부 둘이 사이좋게 지내는 사람들은 많고, 그건 좋은 일이고, 그러니 우리 부부도 그래야 한다고, 이때도 별 고민 없이 생각했다.

뉴스가 끝나고 의학 드라마가 시작되었다. 텔레비전 화면 왼쪽 상단에 표시된 시간을 본다. 남편이 나가고 족히 삼십 분은 지났다. 휴대폰을 만지작거리며 앞뒤 내용도 모른 채 드라마를 본다. 교통사고로 사람이 치이는 장면에서 잠깐이지만 아빠를 떠올린다. 의식을 잃은 회사원 역의 남성이 황급히 구급차로 이송된다. 그 머리카락과 피부가 유난히 아름다워 보였다. 목욕을 안 하면 갑자기 병원에 가게 되었을 때도 곤란하겠다는 생각을 한다. 마침 사고 현장에 있던 행인들이 구급차가 떠나간 쪽을 걱정스럽게 바라본다. 말도 안 돼. 이쓰미는 저도 모르게 웃음을 터뜨린다. 도쿄 사람들은 망각에 능해서 저렇게 눈앞에서 떠나간 일을 계속 곱씹지 않는다. 그러니 괜찮다. 여기는 도쿄니까, 3월의 야밤에 폭우를 맞고 흠뻑 젖은 남자가 있어도 아무도 신경쓰지 않는다. 스쳐 지나갈 때 잠깐 흠칫하며 웬 남자가 완전히 다 젖었다고 생각할 뿐, 몇 미터만 가면 그 남자도 머릿속에서 사라지고 말 것이다.

수술 장면 도중에 현관문이 열리는 소리가 났다. 텔레비전을 끄고 현관으로 나가니 남편이 목욕수건으로 몸을 닦고 있었다. 입술이 하얗다. "괜찮아?"라고 말을 걸자 남편은 밝은 얼굴로 고개를 끄덕였다.

"처음에는 되도록 사람들이 안 다닐 법한 골목을 걸었는데, 마침 집에서 나온 사람이 나랑 딱 마주치더니 놀라더라고. 역시 골목보다 큰길 쪽이 남들 눈도 있으니 오히려 신경 쓰지 않을 것 같아서 그. 빵집이랑 도시락집이 있는 도로 쪽으로 가서 몇 명인가 스쳐 지나갔는데 다들 나한테 아무 관심 없었어. 일 분이라도 빨리 집에 가고 싶다는 듯 양손으로 붙든 우산을 깊게 쓰고 걸어가더라. 아무도 신경 안 쓰니까 혹시 안 걷고 가만히 서 있어도 괜찮지 않을까 싶어 멈춰 봤더니 아무래도 그건 좀 쳐다보던데…… 힐끔거리는 거 말고는 별일 없어서 그대로 멈춰 섰어. 양팔을 벌리니까 많은 비가 동시에 여기저기에 부딪혀서 튕겨나가는 게 잘 느껴지더라. 소리가 엄청나게 컸어. 우산을 쓰면 안 들리는 소리겠지 싶었어. 멈춰 서서 귀를 기울이니까 비가 큰 소리를 내면서 하늘에서 떨어지더라. 한동안 도로에 서 있었는데 사람들이 지나갈 때마다 힐끔거리면서 쳐다보고 나도 그 사람들 쳐다보는 게 귀찮아져서 공원으로 갔어. 당연하지만 공원에 아무도 없더라. 가끔 보이는 노숙인도 없었어. 벤치가 비에 씻겨서 조명 빛에 매끈하게 반짝이길래 거기 앉기도 하고 하늘을 보고 눕기도 했어. 도중에 생각나서 머리랑 팔이랑 발이랑…… 씻을 수 있는 데는 전부 최대한 문질렀으니 조금은 깨끗해졌을지도 몰라."

그 긴 얘기를 단숨에 털어놓은 남편은 "어때?"라고 덧붙이며 자기 팔과 다리로 시선을 내렸다. 이쓰미도 그 시선을 따라 털이 난 남편의 팔과 다리를 바라보았다. 두드러진 뼈의 윤곽을 따라 빗방울이 흘러 떨어져 현관 타일에 흡수되었다.

남편이 감정을 담아 이렇게 길게 말한 건 목욕하지 않게 된 이후로 처음 있는 일이었다. 실은 조금 전 당신을 생각하면서 인터넷으로 근처 병원을 검색했다는 얘기를 하고 싶었다. 걸어서 갈 수 있는 범위 내에도 관련 병원이 몇 군데 있었다. 홈페이지에 연분홍색 글자로 '마음 클리닉'이라고 적혀 있어서 거기가 정신과 병원인지, 아니면 카운슬러가 상담해주는 곳인지 판단할 수 없었다. 애초에 이쓰미는 그 두 곳이 어떻게 다른지, 혹시 같은 것인지도 구별할 수 없었지만, 지금 이 상황을 아무 상관 없는 누군가가 판단해줬으면 했다. 비 오는 밤에 꼼짝하지 않고 서 있어도 그 누구도 말을 걸어주지 않는 이 도시에서는, 큰 소리를 내지 않으면 아무 일도 일어나지 않은 것이나 마찬가지다.

처음 집에 돌아왔을 때처럼 남편은 현관에서 옷을 벗고 알몸이 되었다. 발바닥까지 수건으로 정성껏 닦았는데도 거실로 걸어가는 발소리는 찰박찰박 물소리를 품고 있었고, 마룻바닥에는 흐린 발자국이 남았다.

남편의 짧은 머리카락은 드라이기를 쓰지 않아도 이불에 들어가기 전에 다 말랐다. 잘 자라고 서로 인사한 다음 불을 끄고 눈을 감자 남편에게서 선명한 비 냄새가 났다. 어제까지 왠지 그리운 마음으로 냄새를 맡던 어린 시절의 개 이미지는 사라지고, 그곳에는 대량으로 쏟아져내리는 비 이미지가 눌러앉았다. 눈을 감는다. 이쓰미는 다이후台風라고 이름 붙였던 물고기를 회상한다.

그해 여름도 태풍이 왔다.

초등학생이었던 이쓰미는 태풍이 지나가고 난 뒤의 강이 좋았다. 평소 강은 비가 안 내리면 금세 물이 흐르지 않아 허옇게 마른 돌이 악취를 풍기곤 했지만, 난폭한 소리를 내며 물이 잇달아 흘러가는 강을 보면 묘하게 자랑스러운 마음이 들었다.

강폭 가득히 흙빛으로 탁해진 물이 세차게 흘러갔다. 우웅 하고 높은 것 같기도 낮은 것 같기도 한 소리로 사이렌이 울리고 "강물이 불어났습니다. 위험하오니 접근하지 마십시오"라는 안내방송이 흘러나왔다. 여자 목소리였는데, 녹음된 것인지 똑같은 말투로 몇 번이나 반복한다. 위험하오니. 위험하오니.

평소 야구나 축구를 할 때 쓰는 넓은 하천 부지는 누군가 손에 닿는 대로 삽으로 팠다가 질리면 다른 곳을 파는 놀이라도 하고 간 듯 울퉁불퉁해졌다. 강이 범람해서 하천 부지 위까지 물이 흐른 탓에 땅이 뒤집힌 것이었다. 여기저기 물웅덩이가 생겼다. 큰 것도 있고 작은 것도 있다. 이쓰미는 되도록 큰 물웅덩이부터 들여다보았다. 강물로 생긴 물웅덩이 안에는 물고기가 있다.

무슨 물고기인지도 모르면서 작은 물고기는 송사리, 큰 물고기는 은어라고 부르면서 잡았다. 강에서 노는 아이들은 다 집에 수조가 있어서 잡은 물고기를 길렀지만, 다음 여름까지 살아남는 물고기는 거의 없었다. 올해의 물고기를 제 것으로 삼은 뒤 남아 있는 물고기는 강에 데려가 풀어줬다. 물살이 빨라진 강에는 접근하지 말라고 해서 조금 떨어진 장소에서 던져넣었다. 내버려두면 며칠 내로 물웅덩이가 말라서 은어도 송사리도 죽을 테고, 죽으면 까마귀가 날아와서 먹을 테고, 먹고 남은 건 썩어서 악취를 풍기니 그렇게 하는 게 제일 좋은 방법이었다. 하지만 그 무서운 소리를 내며 흐르는 흙빛 강에 던져넣은 물고기가 살아남을 수 있을지는 모른다. 그냥 내버려두면 틀림없이 죽지만, 확실하게 목숨을 구해준 것도 아니다. 살 가능성을 다소 높여줄 뿐인 놀이였다.

이쓰미가 그 물고기를 발견한 곳도 그렇게 작아진 물웅덩이 안이었다. 태풍이 지나가고 사흘은 지났을 것이다. 큰 물고기는 대강 강에 돌려보냈고, 다 돌려보내지 못한 물고기는 까마귀에게 잡아먹혔다. 강물도 서서히 투명함을 되찾고, 물결도 잠잠해지고 있었다. 야구와 축구팀이 목제 갈퀴로 울퉁불퉁한 지면을 고르고 있었다.

그 물고기는 하천 부지 내에서도 강과 제일 멀리 떨어진, 보도로 올라가는 계단 옆 무성한 잡초 속의 물웅덩이에 있었다. 그 주변은 풀이나 나무뿌리로 지면이 단단해서 강이 범람해도 잘 울퉁불퉁해지지 않는데, 거기는 원래 커다란 돌이 머리만 내밀고 파묻혀 있던 곳이라서 어린아이 머리만한 크기의 구멍이 나 있었다. 그 돌은 태풍이 오기 며칠 전 그냥 파냈었다. 괜히 눈에 띄기에 파내려고 했더니 땅 위에 나와 있는 것은 오 분의 일 정도고 실은 꽤 커다란 돌이었다. 주변 흙을 파서 돌을 꺼내는 작업에 왠지 모르게 열중해서 친구들과 함께 헉헉대며 파냈었다. 그렇게 이유 없이 필사적으로 애쓰는 일이 어린 시절에는 자주 있었던 것 같다.

구멍은 강물에 씻겨서 돌을 꺼냈을 때보다 조금 커져 있었다. 잡초가 나 있는 주변 땅은 하천 부지에 비하면 모래보다 진흙에 가까워서 물웅덩이도 다른 것보다 훨씬 탁했다. 전혀 안이 보이지 않는다. 팔을 집어넣자 팔꿈치 언저리까지 쑥 들어갔다. 팔이 잠긴 물은 햇빛을 받아 미지근한데 물웅덩이 바닥은 차가웠다. 시원한 감촉이 좋아서 손가락을 진흙

바닥에 찔러넣는다. 손톱과 피부 틈새에 고운 모래가 들어가는 감촉. 부드러워진 지면은 흐물흐물 풀려서 손가락이 어디까지고 내려갈 수 있을 것 같았다. 다섯 손가락 전부를 진흙 안에 쑤셔넣고 있을 때 손등에 뭔가 닿았다. 옆으로 쓱 덧그리듯 오른쪽에서 왼쪽으로 헤엄쳐 갔다. 뚫어져라 쳐다보았지만 아무것도 보이지 않는다. 진흙에서 손가락을 빼고 양손으로 물속을 휘저었다. 몇 번이나 손가락 끝, 손등, 손목 바깥쪽에 뭔가 닿았다가 피해 가는 감촉이 느껴졌다. 이쓰미는 물웅덩이에서 손을 꺼내고 옆에 있던 양동이로 물을 퍼냈다. 퍼낸 물은 뒤에 있는 잡초에 뿌린다. 세 번, 네 번 반복한다. 물은 순식간에 줄어서 구멍의 갈색 벽이 드러났다. 바닥에 손바닥을 딱 붙여도 손목 위까지만 물이 올 정도의 깊이가 되었을 때 처음으로 물고기의 모습이 보였다. 이쓰미는 양손으로 물고기를 건져서 양동이에 넣었다.

일 년이 지나도 그 물고기는 살아 있었다. 진작 흥미를 잃고 돌보지 않게 된 이쓰미를 대신해 엄마가 홈센터*에서 산

---

* 일용잡화나 주택설비 관련 제품을 판매하는 일본의 소매점.

금붕어 먹이를 줬다. 현관 신발장 위에 놓인 수조 안쪽에는 거무스름한 이끼가 잔뜩 자라 있었다. 물비린내를 견디기 힘들면 수조를 기울여 양동이에 물을 옮겨서 버린 뒤 줄어든 만큼 수돗물을 부었다. 염소 제거조차 하지 않은 물을 넣어도 물고기는 아무렇지 않게 헤엄쳤다.

"이거 왜 살아 있는 거지?" 하고 엄마가 고개를 갸우뚱했다. "물고기니까 물과 먹이가 있으면 살아갈 수 있겠지"라고 아빠가 말했다. "소중히 하고 안 하고는 상관없나보다"라며 엄마는 어째선지 유쾌하게 웃고는 이쓰미에게 아직 안 죽을 것 같으니 이름을 붙여주라고 했다. 그 말을 듣고 처음으로 개나 고양이를 기르는 친구들이 이름을 붙인다는 게 생각났다. 이름을 붙이는 편이 좋을지도 모른다. 하지만 포치나 다마 같은 이름은 하나도 안 어울린다. 이쓰미는 고민 끝에 좋은 이름인지는 모르겠지만 다이후라고 지었다. 그건 이름 같지 않았다. 그래서 물고기를 부를 때는 이름처럼 들리도록 다이후짱이라고 했다.

*

비가 내릴 때마다 우산 없이 외출하는 남편에게 이쓰미가 "이웃 사람한테 안 들키게 조심해"라고 말하자 "이웃 누구?"라고 의아한 표정을 짓는다. 그 소박한 질문에, 종종 잊어버리지만 이 사람은 도쿄에서 태어나고 자란 사람이라는 사실을 이쓰미는 떠올린다. 남편의 본가는 두 사람이 사는 아파트에서 전철로 이십 분 정도 떨어진 곳에 있다. 그쪽도 역시 시내에 있는 아파트인데, 지금은 시부모님 둘이 살고 있다.

남편과 결혼하고 얼마 지나지 않았을 무렵, 시댁을 처음 방문했을 때였다. 아파트 복도에서 시어머니와 동년배로 보이는 여성이 스쳐 지나갔다. 남편과 이쓰미는 가볍게 고개를 숙이며 "안녕하세요"라고 인사했다. 여성이 충분히 멀어져갔을 즈음 이쓰미가 남편에게 "미안, 우리 결혼했다고 제대로 인사해야 했으려나?"라고 묻자, 남편은 농담을 들었을 때처럼 입을 비뚜름하게 올리고 눈을 휘둥그레 뜨려다가 눈썹을 쓱 내리고 "무슨 말이야? 지금 그 사람한테?"라고 놀란 목소리로 말했다.

"지금 그 사람, 이웃 아냐?"

"이웃이라니…… 같은 아파트에 사는 사람이지만 이름도 모르는걸. 아마 저 모서리 집에 사는 사람일 거야. 잘 모르겠지만 아마 남편이랑 둘이 사는 거 같은데. 아, 여기야."

남편의 본가 앞에 도착하는 바람에 그 얘기는 깨끗이 끝났다. 이쓰미는 예의바른 미소를 띠고 시부모를 향해 인사하면서도 머릿속으로는 남편이 짧은 설명 중에 '아마'를 두 번이나 말했다는 점과, 도쿄에는 이웃이라는 개념이 없다는 점을 생각하고 있었다.

이쓰미와 남편도 아파트 옆집 사람의 이름조차 기억하지 못한다. 그런데도 이쓰미는 누군가 자신들을 보고 있는 기분이 든다. '이웃'이라는 존재가 이쓰미와 남편을 보고 있고, 이웃끼리 이상하다는 말을 주고받는 그런 상상을 지울 수 없다.

남편이 흠뻑 젖어서 돌아올 때마다 이쓰미는 분명 오늘도 이웃 사람이 보았을 거라고 속으로 가만히 생각한다. 입 밖에 내서 말하지 않으니 남편은 이쓰미가 그런 생각을 하는 줄 모를 것이다. 남편이 현관에서 흠뻑 젖은 옷을 벗고 이쓰미가 그것을 받아들 때, 닫힌 현관문 너머로 이웃 사람의 기척이 느껴진다는 둥 하는 소리를 꺼내는 일은 없다.

봄 폭풍 이후 한 달간 밤에 비가 내린 건 사흘뿐이었다. 4월 초에 하루, 그다음 주에 이틀 연달아 내렸다. 남편은 사흘 모두 비를 맞으러 나갔다.

연달아 비가 내린 이틀째 날, 이쓰미는 "어제도 나갔으니 오늘은 비 안 맞아도 되지 않아?"라고 만류했지만, 남편은 "어제는 표면의 더러움을 씻었으니까 오늘은 더 안쪽의 더러움이 씻겨내려갈 거야"라면서 나갔다. 아직 더러움이나 냄새를 신경쓸 마음은 있구나 싶어 이쓰미는 의외라고 느꼈다.

날이 바뀔 무렵, 첫날보다 긴 시간을 들여서 비를 맞고 돌아온 남편의 입술은 한없이 붉은 기가 빠진 색을 띠고 있었다. 다음날 아침에 얼굴이 붉어서 체온계를 대보니 38도가 넘었다. "너무 과했어"라며 슬픈 표정으로 이불에 파고든 남편의 이마에 냉각시트를 붙였지만 금세 떨어지고 말았다. 하늘색 냉각시트를 보니 피지가 잔뜩 붙어 있어서 버렸다. 이쓰미는 페트병 생수로 수건을 적셔서 남편의 얼굴을 닦고 새 냉각시트를 다시 붙였다.

이쓰미는 감기에 걸릴 정도라면 몸을 씻지 않아도 된다고 말해봤지만, "그렇게 생각 안 하잖아"라고 남편이 바로 되받아쳤다. 그렇지 않다고 이쓰미는 생각하면서도 입 밖에 내진 않는다. 남편의 감기는 며칠 만에 나았지만, 이 주 정도는 밤에 나다닐 만한 시간대에 비가 내리지 않았다. 이쓰미는 안심했고 남편은 마지못해 생수를 머리부터 뒤집어썼다.

골든위크* 중에 남편은 "이거 사 왔어"라며 거실 바닥에 뭔가를 늘어놓았다. 등유를 난로에 옮겨 담을 때 사용하는 굵고 투명한 호스와 큼직한 프라이팬 같은 모양의 은판, 그리고 노란 플라스틱 양동이였다. 옆에 둥글게 뭉친 홈센터 비닐봉지가 놓여 있었다.

이쓰미는 은판을 들어올려봤다. 보기보다 무겁지 않다. 아무리 봐도 프라이팬을 닮았는데, 가운데에 구멍이 뚫려 있다.

"이거 뭐에 쓸 거야?"

"비가 별로 안 내리니까 모아보려고."

---

*4월 말부터 5월 초까지 일본의 연휴 기간.

"모은다고?"

"응, 여기에."

그렇게 말하며 남편이 노란 양동이를 가리킨다.

남편은 물건들을 들고 베란다로 나간다. 베란다는 빨래를 널면 사람이 걸을 틈도 없을 정도의 공간이다. 이불을 널 때는 빨래를 널 수 없고, 두 채 있는 이불은 하나씩 널어야 한다.

남편은 그 좁은 베란다 구석, 옆집과의 경계를 이루는 회색 가림막 옆에 노란 양동이를 놓고, 이불을 널어두는 베란다 난간에 철사와 박스테이프로 은판을 달았다. 그리고 호스로 은판에 난 구멍과 양동이를 연결한다.

"이 프라이팬에 내린 비가 밑에 있는 양동이에 모이게 되는 거야."

남편이 설명했다. 이쓰미는 몸을 실내에 두고 얼굴만 밖으로 내민 채 그 모습을 보다가, 이내 한숨을 쉬며 슬리퍼를 갈아 신고 남편에게 다가갔다. 가까이서 보니 은판은 보기에도 날림으로 설치되어 있다. 가정용 박스테이프로 보강했다지만 비에 젖으면 바로 떨어져버릴 것 같았다.

"비야 들어가겠지만 벌레 같은 것도 들어갈 거 같아서 별론데."

"음, 그러면, 빗물이 모이면 욕실이 아니라 베란다에서 물을 뒤집어쓸게."

이쓰미는 그걸 욕실로 옮겨서 쓸 생각이었나 싶어서 놀란다.

"그럼 상관없어. 그런데 물을 뒤집어쓰기만 할 거라면 딱히 생수라도 상관없잖아. 아직 남아 있어."

고개를 돌려 방 쪽을 쳐다보지만 페트병 생수는 부엌 바닥에 놓여 있어서 베란다에서는 보이지 않는다.

"페트병 물보다 비가 더 좋아. 훨씬 좋아."

문득 남편 팔에 붙은 먼지가 눈에 들어왔다. 떼어줄 생각으로 손을 뻗었다가 닿기 직전에 그게 먼지가 아닌 남편의 피부라는 사실을 깨달았다. 기왕 뻗은 김에 그대로 붙잡는다. 볕에 그을린 것처럼 크게 벗겨진 피부를 대담하게 잡아당기자, 접착력이 떨어진 셀로판테이프를 벗길 때와 비슷하게 희미한 저항감이 느껴졌다. 팔에서 톡 떨어진다. 떼어낸 자리는 빨갛게 얼룩덜룩했고, 아파 보인다기보다 가려워 보였다.

떼어낸 피부를 손바닥에 올리고 가만히 응시한다. 남편은 작업하는 손을 멈추지 않고 곁눈질로 언뜻 보고는 "굉장하지, 그거"라고 남 일인 양 말했다. 남편은 박스테이프를 길게 찌익 뜯어서 은판을 더 보강하기 시작한다. 옆얼굴에 생기가 넘친다. 이쓰미는 베란다 허공에 한숨을 풀어놓고 방으로 돌아간다. 방충망을 닫는다.

혹시 지금, 남편은 미친 걸까.

이쓰미는 그걸 모르겠다. 어느 쪽인지 알고 싶다. 같이 살고 있는데 다른 게 보이는 느낌이다. 저만 두고 가버릴지도 모른다는 그런 생각이 든다. 그러면 자신은 어디에 남겨지는 걸까. 슬리퍼를 신고 있는데도 발바닥이 갑자기 차갑다.

몇 년 전, 아빠가 차 사고로 돌아가셨다. 그로부터 몇 주 뒤 만난 친구에게 "실은 최근에 아빠가 돌아가셨어"라고 말했더니 친구는 동정하는 표정으로 "말해줄 때까지 전혀 몰랐어. 생각보다 괜찮아 보여서 다행이다"라고 했다. 괜찮아 보인다면 그렇게 보이는 자신을 용서할 수 없었고, 그렇게 본 그애도 그냥 죽여버리고 싶다고 이쓰미는 생각했다. 하지만 아빠가 돌아가신 지 얼마 되지 않았는데 누군가를 죽이고 싶어하면 좋지 않다고, 그애가 아니라 돌아가신 아빠에게 좋지 않다고, 어쩐지 크고 깊은 슬픔이 몰려와 그애를 죽여버리고 싶어하는 건 그만뒀다.

괜찮아 보인 건 엄마도 마찬가지였다. 아빠의 장례식이나 사후 처리에 쫓기는 동안은 물론이고, 어수선한 일이 다 마무리된 후에도 남들 앞에서는 안타깝고 슬프다는 표정을 띠고 있었다. 하지만 초췌해져서 더는 살아가지 못할 듯한, 얼마나 애통하냐는 말을 건네기도 어려운 모습은 한 번도 보이지 않았다. 꿋꿋하게 행동하는 것과도 다르다. 그런 점이 닮았다고 이쓰미는 생각한다. 우리는 버텨내고 만다.

미친다는 것은 감정이 폭발한 다음에 있는 걸까. 괴로움으로 가득차거나 슬픔에 빠져 견딜 수 없거나 하면, 머릿속이 오로지 그것에 지배되어 감정을 떨쳐낼 수 있는 걸까.

남편은 그렇게 보이지는 않지만, 겉으로 보이지 않는다고 감정이 폭발하지 않았다고 단정지을 순 없다. 이쓰미 역시 그 누구의 목소리도 닿지 않을 만큼 내면에서 폭풍이 휘몰아쳐 너덜너덜해진 마음이 상상도 못하게 먼 의외의 장소까지 날아가버릴 때가 있다. 단지 이쓰미는 손으로 귀를 막아 누구의 목소리도 듣지 못하는 대신 바람소리도 들리지 않게 할 뿐이다. 마음이 실처럼 갈래갈래 찢어져도 그것을 그러모으고 합쳐서 전과 다름없이 보이게 할 수도 있다. 그렇게 하겠다고 결심해서 하는 것이 아니라 어린 시절부터 자연히 그렇게 해버리던 것이었다. 부모님을 닮은 걸지도 모른다.

돌아가신 아빠는 성실한 사람이었다. 지방 국립대학을 졸업하고 제1지역은행에 입사해서 임원 자리까지 올라갔다. 여름과 겨울이면 본가에 오추겐과 오세보* 물품이 많이 왔다. 멜론이나 외제 초콜릿, 시골에서는 안 파는 도쿄의 과자도 있었다. 아빠는 오사카에 출장을 갔을 때 맞춘 정장을 입었다. 매일 아침 일찍 일어나 엄마가 내린 커피를 마시며 여러 종류의 신문을 펼쳐서 읽었다.

초등학교 행사로 군고구마를 만들게 되었을 때, 폐신문을 가지고 오라기에 들 수 있는 만큼 많이 들고 등교했다. 이쓰미가 가져온 신문을 본 반 친구들은 "이쓰미만 신문이 여러

---

* 평소 신세를 진 사람들에게 보내는 감사 선물. '오추겐'은 여름철, '오세보'는 연말에 보내는 것이다.

종류야"라며 감탄했다. 그제야 대부분의 가정에서는 신문을 한 종류만 구독한다는 사실을 알았다. 이쓰미는 아빠가 똑똑하다고 생각했다. 아빠는 이쓰미에게도 다정했다. 휴일에는 이쓰미를 데리고 놀러갔다. 운동회나 음악회 등 휴일에 열린 학교 행사에는 전부 다 와줬다. 다른 집 아빠들처럼 이쓰미의 친구들에게 술집 아가씨 같은 옷을 입고 있다는 둥 하는 상스러운 농담을 하지 않았다. 친구들에게 아빠가 다정해서 부럽다는 말을 들은 적도 있었고, 직접 듣지 않아도 주위에서 다 부러워한다는 건 알고 있었다. 동급생, 학교 선생님, 이웃 사람들, 친척들까지도.

한밤중에 눈이 떠졌다. 아직 초등학생 때였을 것이다. 무서운 꿈을 꿨다. 강과 다이후짱이 나오는 꿈이었다. 그러고 보니 오늘 다이후짱한테 먹이 줬었나? 먹이 주는 일 따위 진작 엄마에게 떠넘기고 자신은 거의 주지도 않았으면서 묘하게 신경쓰이기 시작했다. 벌써 한밤중이지만 조금만 줘야지 생각하고 이불 밖으로 나왔다. 흥건한 땀 때문에 잠옷이 축축했다.

침실에 부모님의 모습이 보이지 않아 이쓰미는 일어나서

방을 나왔다. 본가는 이층짜리 단독주택이었고 침실은 이층, 거실은 일층에 있었다. 계단을 반쯤 내려가자 거실에서 부모님이 대화하는 소리가 들렸다. 엄마가 "어머님 말인데, 이제 힘들어"라고 말했다. 이쓰미는 계단 중간에 멈춰 서서 숨죽이고 귀를 기울였다. 그건 분명히 엄마의 목소리였지만, 이쓰미를 향한 적은 한 번도 없는 냉정함이 배어 있었다. 그 말에 대답하는 아빠의 목소리도 들렸다.

"정말로 힘들었다면 병이 났겠지. 당신은 괜찮아. 노력하고 있잖아."

태어나서 한 번도 현 밖에서 산 적이 없을 텐데 아빠는 표준어에 가까운 말투로 얘기했다. 일로 현 밖에 출장을 자주 갔었기 때문일지도 모르고, 표준어로 적힌 신문을 매일 많이 읽었기 때문일지도 모른다. 아빠가 똑똑하게 보이는 것에는 말투의 영향도 있을지 모른다.

아빠는 엄마를 다독이듯, 우울증에 걸린 직장 동료가 병을 얻기 전에 얼마나 힘든 일을 맡고 있었는지, 그 가족에게 얼마나 비참한 불행이 있었는지 긴 시간 동안 많은 사례를 들어 설명했다.

"쓰유코는."

그때 아빠가 엄마를 "여보"가 아니라 이름으로 부르는 걸 처음 들었다.

"쓰유코는 병에 걸릴 만큼 약해빠진 인간들과는 됨됨이가 달라. 역시 내가 점찍은 여자야."

이쓰미는 그런가보다 생각했다. 똑똑한 아빠가 하는 말이고, 엄마를 다독이며 다정하게 대하고 있고, 엄마도 "노력할게"라고 대답했으니까. 세상에는 병에 걸릴 만큼 힘든 일을 겪는 사람도 있다. 하지만 엄마는 아직 병에 안 걸렸으니까 괜찮다.

그 얘기를 계단에서 들었다는 사실을 부모님에게 들키면 안 될 것 같은 기분이 들었다. 이쓰미는 발소리를 죽이고 계단을 올랐다. 다이후짱의 먹이는 더이상 생각하지 않았다. 발바닥에 땀이 나서 조심스럽게 걷는데도 찰박하고 소리가 났다. 공기가 코를 통해 몸속으로 들어가는 소리가 평소보다 크게 느껴졌다. 침실에 돌아와 얇은 이불을 뒤집어쓰면서, 아빠와 엄마가 나눈 대화는 어른 세계의 얘기라고 생각했다. 그러니 자신은 어른이 될 때까지 분명 이 일을 기억할 것이다.

골든위크가 끝나고 며칠 뒤, 겨우 비가 내렸다. 남편은 몇 번이나 베란다에 나가서 노란 양동이에 고여가는 빗물을 확인했다. 그리고 다음날, 비가 그치고 맑게 갠 하늘이 보이는 베란다에서 머리부터 물을 뒤집어썼다.

빗물은 양동이 절반쯤 고여 있었다. 이쓰미는 하룻밤 새 이만큼이나 모인다고 감탄했지만, 남편은 "이것뿐인가? 한 번밖에 못 쓰겠네"라며 아쉬워했다. 남편이 끌어안은 양동이에 담긴 물은 노란색 플라스틱 빛깔로 반짝였지만, 그 반짝임 안에 허옇고 흐물흐물한 먼지가 몇 개나 떠 있어서 기름이 뜬 라면 국물처럼 표면이 일그러져 있었다.

그거 안 더러워? 이쓰미는 말을 삼켰다. 남편이 목욕하지 않은 지 삼 개월째다.

남편 몸에서는 쉰내가 나서 옷에 아무리 탈취 스프레이나 향이 짙은 섬유유연제를 써도 더이상 숨길 수 없었다. 이쓰미는 속으로 남편 냄새를 개나 빗물과 연결짓기도 했지만, 요즘은 뭔가와 비슷하다고 하거나 뭔가를 상상하기도 전에 그냥 지독하기만 하다. 가까이 다가가면 우선 후각을 차단하고 싶어진다. 한번씩 입으로 호흡하면서 콧구멍을 좁히고 가늘게 숨을 쉰다. 점점 익숙해진다. 익숙해지면 뇌가 자동으로 냄새를 분석하기 시작한다. 성분은 땀, 소변, 먼지. 매일 조금씩 다르다. 오늘의 냄새와 비슷한 것은 자판기 옆에 놓인 캔과 페트병 전용 쓰레기통이다. 안타깝지만 개도 비도 아니다. 이런 상황이니 빗물이든 뭐든 일단 물을 뒤집어쓰고 몸을 문지르는 편이 나은 건 틀림없었다.

밖에서 아이들 목소리가 들렸다. 난간에서 고개를 내밀고 아래를 보니 초등학생 여러 명이 한 줄로 서서 등교하는 참이었다. 뭐가 즐거운지 큰 소리로 웃으면서도 열을 흐트리지 않고 한 줄로 나아간다. 두 줄로 걷지 말라고 엄하게 주의받은 모양이네. 그 말을 잘 지키고 있는 거구나. 우리도 그랬는데, 하고 이쓰미는 생각한다.

베란다에서 머리부터 빗물을 뒤집어쓴 것치고 남편의 몸은 별로 젖지 않았다. 양동이의 빗물은 주로 남편의 머리와 어깨에 뿌려지고 바닥에 떨어진 뒤 베란다 배수구로 향했다. 배수구는 오랫동안 청소하지 않아 청소기 필터에서 꺼낸 듯한 먼짓덩어리에 빙 둘러싸여 있었다. 남편에게서 떨어진 물은 그 먼지 주변에 한번 고였다가 천천히 빨려들어갔다.

남편은 양동이를 내리고 젖은 머리를 양손으로 마구 긁었다. 젖은 악취가 방안에 있는 이쓰미의 코까지 와닿았다. 머리 껍질이 쑥 벗겨져서 남편 손가락 사이에 쌓인다. 이쓰미는 부엌에 가서 페트병 생수를 가져왔다. 말없이 뚜껑을 열고 남편의 머리 위에 가져간다. 이쓰미의 행동을 눈치챈 남편도 말없이 머리를 숙여 배수구에 가까이 댄다. 생수가 투명하고 맑은 한 줄기 선을 그리며 남편 머리에 떨어진다. 공기를 머금은 페트병이 퐁 하는 소리를 내자 똑바로 떨어지던 물줄기가 순간 흐트러진다. 그리고 다시 일직선으로 돌아온다.

남편 머리와 손가락 사이에서 허연 껍질 덩어리가 주르륵 흘러내려가 배수구 주변 먼지에 걸렸지만 그대로 생수를 계속 흘려보냈더니 사라졌다. 분명 먼지 틈새를 빠져나가 배수구로 떨어진 것일 텐데도, 이쓰미의 눈에는 남편의 피부가 녹아내린 것처럼 보였다.

"이제 됐어. 고마워."

2리터 페트병 절반 정도를 흘려보냈을 때 남편이 고개를 들었다.

"그래도 아직 절반 남았는데."

"전부 안 써도 되잖아. 남은 건 마시면 되지."

"마신다고?"

의외라는 듯 되물은 이쓰미의 말에 남편은 분명 상처받은 듯 눈살을 찌푸렸지만, 이내 그 눈썹의 움직임이 비난으로 받아들여지리라 생각한 모양인지 눈을 내리깔고 "아니야"라고 말했다. 남편은 "내가 마실게"라며 손을 뻗어 이쓰미에게서 페트병을 받아든다. 물이 요동쳤다.

남은 물을 마시기 싫다는 말로 받아들여지고 말았다. 그런 의미가 아닌데, 단지 베란다에서 남편에게 붓기 시작한 시점에 이미 이 물의 용도가 결정된 느낌이라서, 그래서 전부 다 쓰는 게 좋다고 생각했던 것인데.

남편이 상처받았다는 사실에 희미한 짜증을 느낀 이쓰미는 수건으로 머리와 몸을 닦는 남편을 베란다에 남겨두고 거실로 돌아간다. 켜둔 텔레비전으로 시간을 확인하고, 서둘러서 준비하지 않으면 지각하겠다고 생각한다.

실내복을 벗고 옷깃이 없는 흰 블라우스와 무릎길이의 검은 치마로 갈아입는다. 다리에는 스타킹을 신는다. 머리는 뒤에서 하나로 묶고 잔머리를 내기 위해 뒷덜미쪽 머리카락을 손가락으로 잡아당겨 뺀다. 세면대 앞에 서서 베이스와 파운데이션을 바르고, 뺨에 오렌지색 블러셔를 바른다. 눈꺼풀에 진갈색 아이섀도를 바르고, 속눈썹에 섬유질 마스카라를 바르고, 입술에 립크림과 어두운 빨간색 립스틱을 발랐다. 노칼라 재킷은 개어서 가방에 넣어두고 직장에 도착하면 입는다.

이쓰미의 뒤에 남편이 섰다. 거울 너머로 눈이 마주쳐서 잠깐만 기다리라고 눈빛으로 전한다. 남편은 이를 닦으려는 모양인지 손에 조금 전 쓰고 남은 페트병 생수를 들고 있었다. 팔꿈치가 닿을 만큼 가까이 있으니 방금 물로 헹궜는데도 냄새가 지독하다. 머리와 두피가 젖은 만큼 냄새가 습기를 머금어서 무겁다. 여름날 해질 무렵, 짧은 소나기가 지나가고 아스팔트에서 피어오르는 수증기의 비린내가 떠오른다.

남편은 전철로 통근하는데 주변 사람들은 어떻게 생각할까. 타인의 냄새 따위는 의외로 신경쓰지 않을지도 모른다. 스스로도 믿지 못하면서 이쓰미는 그렇게 생각해본다. 무심코 크게 숨을 들이마시면 코는 물론이고 눈에도 자극이 와서 눈물이 배어나왔다.

문득 이쓰미는 거울에 비친 제 모습을 가만히 바라보았다. 서른여섯 살의 대표로 어디에 내놓아도 부끄럽지 않을 평범한 화장과 머리 모양과 복장을 하고 있다. 남편은 석 달이나 목욕하지 않았는데 아내인 자신은 아이섀도까지 바르고 있다고 생각하니 이상했다. 눈꺼풀에 색을 칠해서 어쩔 건데. 그 질문에 거울 속에서 표정이 굳었다.

남편이 다 쓴 수건을 빨래 바구니에 던진다. 적갈색의 때가 군데군데 묻어 있다.

"그럼 다녀올게."

평소처럼 이쓰미가 남편보다 먼저 집에서 나온다. 남편은 칫솔을 입에 쑤셔넣은 채 소리 없이 손을 흔들었다. 몇 주 전부터 치약 튜브는 이쓰미가 쓰고 내려놓은 위치에서 이동하지 않았다. 남편은 머리에 샴푸 쓰는 것을 관두고, 몸에 비누 쓰는 것을 관두고, 이번에는 이에 치약 쓰는 것을 관뒀다. 이쓰미가 현관에서 구두를 신는 사이, 등뒤에서 남편이 물을 뱉는 소리가 들린다. 입을 헹구고 내뱉는 소리 사이에 페트병에서 물이 떨어지는 소리가 끼어 있다.

시어머니에게 전화가 온 건 점심시간이 끝난 직후였다. 근처 식당에서 점심을 먹고 제 자리로 막 돌아온 참이라, 이쓰미는 조금 겸연쩍은 마음으로 휴대폰을 손에 들고 말없이 주위에 묵례하며 사무실에서 나왔다. 잰걸음으로 복도를 걸어서 창고가 즐비해 사람이 많이 오가는 입구를 피해 직원용 출입구 앞에서 전화를 받는다. 시어머니가 갑자기 전화를 걸어오다니 처음 있는 일이었다. 무슨 일이 생긴 모양이다. 시아버지나 누구 건강이 나빠졌거나 친척에게 안 좋은 일이 있었거나. 그렇더라도 왜 남편이 아니라 내게 전화했을까. 찰나에 머릿속으로 그런 생각을 나열하며 준비했다. 폐 속까지 깊이 숨을 들이마시고 전화를 받는다.

"여보세요, 이쓰미니? 일하는 중에 미안하구나. 밤에 할까 생각했는데 서두르는 편이 좋을 거 같아서."

"괜찮아요. 지금 딱 괜찮을 때였어요." 이쓰미는 순간적으로 거짓말을 한다. "무슨 일 있으세요?"

"음…… 저기 말이다, 겐시는 잘 지내니?"

"겐시 씨요?"

목욕 일이 머리에 떠올랐다. 베란다 배수구로 녹아 사라진 허연 비듬도.

"감기 같은 건 안 걸렸어요. 오늘도 평범하게 출근했고요."

대답하면서도 이쓰미는 어째서 좀더 자연스럽게 행동하지 못했나 빠르게 후회한다. 그냥 잘 지낸다는 한마디만 하면 되는데 쓸데없는 말을 덧붙이고 만다. 하지만 애초에 시어머니는 남편 일로 전화한 게 분명하니 잘 지내느냐는 질문은 미끼일지도 모른다. "그래"라고 시어머니가 중얼거리고 잠시 침묵이 흘렀다.

"저……"

"실은 말이다."

이쓰미가 입을 열자 시어머니가 주저하며 말을 꺼냈다.

"겐시 직장에서 전화가 왔어. 상태가 이상하다고. 요즘 계속 상태가 안 좋아 보인다나…… 일은 하는 모양인데, 뭐랄까, 전화하신 분의 설명도 애매해서 잘 알 수 없었어. 어쨌거나 상태를 봐줬으면 좋겠다고 하더구나. 겐시에게 전화하려다 우선 너한테 물어봐야겠다 싶어서."

이쓰미는 휴대폰을 쥔 손을 오른쪽에서 왼쪽으로 바꿨다.

주위를 쓱 둘러보고 복도에 인기척이 없는 것을 확인한다.

"전화, 저기, 겐시 씨 직장 분이라면 누가…… 왜 어머니한테 전화했대요?"

"고니시라는 분. 오십대쯤 되는 목소리의 남자분이셔. 겐시 상사라고 하셨는데. 겐시가 입사했을 때 제출한 서류에 우리집 번호가 긴급연락처로 적혀 있어서 그걸 보고 걸었다는구나."

그렇구나, 하고 이쓰미는 순간 속을 뻔했다. 대학 졸업 후 입사했을 때 남편은 독신이었으니 긴급연락처에 본가 전화번호를 써서 제출했을 것이다. 하지만 지금은 부부 둘이 산다고 다들 알고 있을 테다. 십 년 전 결혼식에는 남편 동료가 몇 명인가 왔었고 상사는 건배사도 해줬다. 둘이 살기 시작한 아파트에 몇 명 놀러온 적도 있다. 이쓰미의 연락처를 몰랐겠지. 그래서 시어머니에게 연락이 간 것이다. 하지만 그는 거기서 "부인 연락처를 아시나요?"라고 묻지 않았다. 짧게 눈을 감는다. 착각으로 여겨 간과할 정도로 사소하고 작은 악의가 느껴졌다.

"얘야, 이쓰미, 정말로 겐시가 잘 지내는 거 맞아? 무슨 병에 걸린 건 아니고? 뭔가…… 몸만이 아니라 마음의 병 같은 거."

시어머니는 그게 묻고 싶었던 거라고, 한층 더 신중해진 음색을 듣고 깨닫는다. 시어머니는 '마음의 병'이라는 단어를 보자기에 감싼 선물을 내밀듯 정중하게 발음했다.

이쓰미는 그렇군요, 으음, 그렇군요, 하고 맞장구만 치고 명확하게 대답하지 않았다. 시어머니는 기다림에 지쳤다기보다 조금씩 쌓이던 걱정이 한계점을 넘어 흘러넘친 듯 이쓰미에게 말했다.

"오늘 내가 만나러 가마."

큰소리는 아니었지만 분명하고 흔들림 없는 목소리였다. "가마"라고 시어머니는 한번 더 조용히 말한다. "걱정돼서 그래. 내가 가마"라고 거듭 말하고, "저녁 일곱시쯤에는 집에 오니? 다이마루 백화점 지하에서 먹을 걸 사 갈 테니 그걸로 저녁을 먹자꾸나"라고 약속을 정한다. 이쓰미가 어물어물 정리되지 않은 대답을 하는 사이에 그럼 나중에 보자며 전화는 끊겼다.

이쓰미는 그날 마무리하려던 일을 남겨둔 채 정시에 퇴근했다. "수고 많으셨습니다" 대신 "죄송합니다"라고 말하고, 뻔한 반응밖에 돌아오지 않는다는 걸 알면서도 "죄송합니다"라고 한번 더 말했다. 고개를 숙이는 척 얼굴을 감추고 집에 왔다.

집 근처 역에 도착했을 때, 집에 마실 거라고는 맥주와 생수뿐이라는 게 생각나서 마트에 들러 홍차 티백과 인스턴트 커피를 샀다. 이쓰미와 남편은 커피를 별로 안 좋아하고, 홍차도 잘 안 마셔서 어떤 것이 좋은지 모른다. 립톤이라는 이름은 들어본 듯해 그걸로 했다. 집에 도착한 건 저녁 여섯시 전이었다. 거실 바닥과 소파 위에 어질러진 옷과 읽던 잡지, 만화, 책은 전부 침실에 넣고, 부엌에 쌓인 대량의 페트병 쓰레기는 큰 봉지에 넣어서 아파트 쓰레기장으로 옮겼다.

서둘러 청소기를 돌리고, 창문은 방충망만 남기고 다 열어서 환기하고, 살균 물티슈로 탁자 닦기를 끝냈을 무렵, 현관문이 열리는 소리가 났다. 남편이 돌아왔다는 걸 알아차리는 동시에 시어머니가 온다는 말을 전하지 않았다는 게 생각났다. 뭐라고 설명하지? 갑자기 얼굴이 보고 싶어서 온다고? 지금까지 한 번도 그런 일이 없었는데 너무 뻔한 거짓말 아닌가? 머리를 굴리면서 "다녀왔어?"라고 말하며 현관으로 가니 남편 뒤에 시어머니가 서 있었다. 당황해서 "어"라는 소리가 튀어나온다. 남편이 이쓰미의 얼굴을 응시하며 말한다.

"갑자기 미안. 오랜만에 얼굴이 보고 싶다고 연락이 와서."

미안하다고 사과하는 것치고 그 목소리는 조용한 노기를 띤 것처럼 들렸다. 이쓰미는 "갑자기 놀랐잖아. 이것저것 청소하고 준비해야 하니까 미리 연락 좀 해"라고 아내답게 가벼운 잔소리를 해야 하나 잠깐 생각했지만 깨끗하게 치운 거실을 보면 다 알게 되리라는 생각에 관뒀다.

"이쓰미, 일 마치고 와서 피곤할 텐데 갑자기 미안하구나. 이거 사 왔는데 저녁으로 먹자꾸나."

시어머니가 다이마루의 종이봉투가 보이도록 품에 안아 든다. 마루노우치에 본점이 있는 식품회사에서 정년까지 일하고, 지금은 파트타임으로 근무하는 시어머니는 밝은 갈색 재킷과 이파리 무늬 치마를 입고 있다. 화장을 고친 지 얼마 되지 않았는지 파운데이션이 균일하게 발린 피부는 도저히 예순 살이 넘은 사람처럼 보이지 않는다. 청소만 하지 말고 화장을 고칠걸 그랬다고 속으로 생각하면서 이쓰미는 한껏 즐거워 보이는 미소를 지으며 "들어오세요"라고 슬리퍼를 내밀었다. 시어머니가 현관에 가지런히 벗어둔 펌프스는 옆에 놓인 이쓰미의 신발보다 굽이 삼 센티미터는 높다.

남편이 깨끗해진 거실과 평소 열어두는 침실문이 딱 닫혀 있는 모습을 보고 있다는 것이 상당히 의식됐지만 그럴수록 미소는 이쓰미의 얼굴에 단단하게 달라붙는다. 물을 끓이고 머그컵을 세 개 꺼낸다. 몇 년 전 남편과 둘이 베트남에 여행 갔을 때 산 밧짱 도자기 두 개와 스타벅스의 여신 로고가 들어간 컵 한 개. 찻잔 세트 정도는 있어도 좋겠다고 손님이 올 때마다 생각하지만 결국 까먹고 사지 못했다.

"홍차랑 커피 중에 어떤 게 좋으세요?"

"홍차로 부탁할게."

"네. 겐시 씨도 홍차면 돼?"

남편을 쳐다보지 않고 그렇게 말한다.

"아니, 나는 물이면 됐어."

바로 옆에서 목소리가 들리기에 뒤돌아보니 남편이 뒤에 거의 붙어 서 있다. 뭘 하나 싶어서 보니 손을 뻗어 페트병 생수를 잡으려 한다.

"차도 안 마시게 됐어?"

이쓰미는 무심코 물어보고는 시어머니가 이쪽을 보는 기색에 실수했다고 생각했지만 그래도 "응?" 하고 남편을 채근한다. 그러고 보니 최근 냉장고의 맥주도 별로 줄지 않은 듯하다.

"그런 건 아니지만 물이 좋아."

남편은 여전히 조용한 노기를 품은 목소리로 대답하더니 페트병을 끌어안고 간다. 남편의 움직임에 따라 공기가 흔들리고 악취가 감돈다. 이쓰미는 시어머니의 얼굴을 살핀다. 시어머니는 애써 웃는 얼굴로 탁자 위에 백화점에서 사 온 음식을 늘어놓고 있다.

시어머니가 사 온 음식은 닭튀김 샐러드와 장문볼락 된장구이, 유채와 죽순 나물, 버섯 키쉬였다. 홍차보다 와인에 잘 어울리겠다고 이쓰미는 생각했지만, 냉장고에는 맥주뿐이고 시어머니는 술을 마시지 않는다. 애초에 녹차로 살걸 그랬다.

"맛있어요."

사주신 음식에 대한 감사 표시로, 지나치다 싶을 만큼 마음을 담은 목소리로 음식을 칭찬한다. 실제로는 옆에 앉은 남편의 냄새가 신경쓰여 음식 맛을 느낄 겨를이 없었다. 둘이 식사할 때는 신경쓰이지 않는데, 시어머니가 있는 것만으로 남편의 체취가 몇 배나 강하게 느껴졌다.

"다 사 온 것뿐이라 미안하구나. 실은 제대로 된 음식을 만들어 대접하고 싶었는데."

시어머니는 미안한 듯 그렇게 말했다.

"이거 다 먹으면 바로 돌아갈 테니 안심하렴."

"방금 오셨는데 무슨 말씀이세요. 차라도 마시고 천천히 쉬다 가세요."

"나도 내일 출근이라서. 어디 보자."

시어머니는 손목시계를 힐끔 본다.

"늦어도 아홉시에는 돌아갈 테니 걱정하지 말거라."

센스 좋은 선물과 갑작스러운 방문이기는 해도 미리 제시해주는 일정, 그리고 아홉시에 나가도 열시에는 도착해서 씻고 잘 수 있는 거리에 있는 집. 시어머니는 언제나 빈틈이 없다. 이쓰미는 자신의 엄마를 떠올린다. 채소나 생선뿐인 시골집의 요리, 시골에서의 시간의 흐름과 그에 제한을 두지 않는 소통 방식, 지금 당장 만나고 싶어서 출발한다고 해도 내일 해가 뜨고 꽤 시간이 지났을 무렵에야 도착할 수 있는 집.

엄마는 이쓰미를 낳은 뒤로 일하러 나간 적이 없다. 아빠가 아직 살아 계시던 무렵에 파트타임 일을 나갈까 하고 말하는 것을 몇 번인가 들었지만 말만 할 뿐 실제로 일하러 나가지는 않았다. 아빠가 허락하지 않았던 거라고, 어른이 된 지금은 안다. 이쓰미가 다 자라 사회인이 되고, 아빠가 정년 직전에 돌아가신 뒤에도 엄마는 집에 있다. 돈이라면 아빠의 유산이 있기도 하고, 이제 와서 뭘 어쩌겠나 하는 마음이기도 할 테다. 엄마는 이쓰미가 오면 일하느라 피곤하지 않냐며 오로지 쉬게 하려고 한다. 장시간 전철을 타서 어깨가 뭉친 정도이지, 매일 하는 업무의 피로 따위 별거 아니었다. 고향에 돌아올 수 있을 정도로 연휴를 얻었다면 더욱이. 하지만 엄마는 그걸 모른다. 모르기 때문에 늘 이쓰미를 걱정한다.

텔레비전 소리에 깜짝 놀란다. 남편이 리모컨을 손에 들고 있었다.

시어머니가 와 있을 때 정도는 텔레비전을 꺼야 하지 않을까 생각하지만 다른 소리가 들려서 안심되기도 한다. 시어머니는 텔레비전을 힐끔 보고는 내일도 맑으려나, 하고 고개를 기울인다.

"아직 5월인데도 가끔 무척 덥지 않니? 밖을 걷는데 땀이 어찌나 많이 나던지."

그 말에는 당연히 의도가 담겨 있으리라 이쓰미는 생각하지만 시어머니와 남편은 그대로 날씨 얘기를 계속한다. 작년은 태풍으로 피해가 심했지, 하고.

식사를 마치고 홍차를 한 잔 더 마신 다음, 시어머니는 슬슬 가야겠다며 일어섰다. 딱 아홉시가 되려는 참이었다. 남편과 둘이 현관 앞까지 배웅 나간다. 굽 높은 펌프스를 신은 시어머니가 눈높이가 같아진 남편을 빤히 응시했다.

"두 사람 다 건강해 보여서 다행이야. 오늘은 갑자기 와서 미안했고, 이다음에 느긋하게 맛있는 거라도 먹으러 가자꾸나. 이쓰미, 오늘 고마웠어."

"겐시는 대체 어떻게 된 거니?"

시어머니에게 두번째 전화가 걸려온 건 다음날 점심때였다. 마침 점심시간이라 제 자리에 앉아 있던 이쓰미는 먹던 편의점 빵을 다시 봉지에 넣고 자리에서 일어났다. 점심을 거르더라도 업무시간 중에 남들 눈을 신경쓰며 전화하는 것보다 낫다. 사무실에서 나와 복도를 걸어서 그대로 밖에 나간다. 점심시간에는 밖에 나와 있는 직원이 많아 한자리에 멈춰 있지 않고 여기저기 돌아다니며 전화하기로 했다. 혼잣말한다고 생각하지 않도록 주위에서 잘 보이게 휴대전화를 귀에 댄다.

"겐시는, 그건, 대체 뭐니? 몸이 안 좋은 건 아닌 것 같고, 밥도 잘 먹고, 말하는 걸로는…… 평소처럼 보였는데. 그거는 저기, 목욕을, 안 하는 거지?"

떨리는 목소리로 물어오는 시어머니에게 당신 아들한테 직접 물어보라고 되받아치고 싶은 마음을 억누르고 이쓰미는 "음……" 하고 그대로 입을 다물었다. 그 이상 아무 말도 덧붙이고 싶지 않았다.

남편이 갑자기 목욕을 하지 않아 난처하다. 어떡하지, 어쩌면 좋지? 하루에도 몇 번이나 생각한다. 그래도 누군가에게 상담하고 싶지는 않았다. 이쓰미 혼자 고민하는 걸로 충분했다. 그렇다는 건 해결하고 싶은 게 아닐지도 모른다. 남편이 목욕했으면 좋겠다고 생각하지만, 그 '생각'이 그렇게 절실하지 않다는 건 스스로도 어렴풋이 깨닫고 있다. 해결하고 싶다는 생각이 절실하다면 시어머니에게 먼저 연락해서 도움을 청할 수도 있었다. 하지만 그렇게 하지 않았다. 어제 시어머니의 연락을 받았을 때도 귀찮아졌다고 생각했다.

"소꿉장난 같은 부부생활에서 대체 왜 문제가 생기는 거니?"

실제로는 들은 적도 없는 말이 거친 말끝까지 선명하게 머릿속에서 재생된다. 시어머니의 목소리 같기도 하고 자신의 목소리와도 닮은, 황당함과 분노가 스민 소리였다.

"음……"

이쓰미는 같은 말을 반복한다. 시어머니는 이쓰미가 말을 잇기를 기다리며 침묵한다. 이쓰미는 계속 걸어서 회사 부지 밖으로 나갔다. 문에서 빠져나올 때 대형 트럭이 스쳐 지나갔다. 운전석에 아는 운전사가 앉아 있어서 휴대폰을 귀에 댄 채 말없이 묵례한다. 사십대 중반의 남성 운전자가 이를 드러내고 웃으며 한 손을 올려서 화답했다.

"이쓰미, 듣고 있니?"

날카로운 목소리로 시어머니가 말한다.

"듣고 있어요, 죄송합니다, 음……"

"너 원래 그런 애였니?"

귓구멍 안에 숨을 불어넣는 착각이 들어 순간적으로 휴대폰을 귀에서 뗀다. 매사에 한 치의 실수도 없는 시어머니가 전화에 한숨소리가 들어가지 않도록 배려하지 않을 리 없으니, 조금 전 소리는 일부러 이쓰미에게 들려준 것이었다. 그렇게 생각하니 '소꿉장난 같은 결혼'이라는 단어 역시 시어머니가 무의식중에 입에 담을 리 없었다. 진작 눈치챘던 일을 이쓰미는 이제야 알아차린 체한다.

"목욕은 언제부터 안 했니?"

"2월 말 무렵부터요."

"석 달이나!"

거의 비명을 지르듯 시어머니가 말한다. 이쓰미는 큰길에서 역 반대 방향으로 걷는다. 시어머니도 일하고 있을 텐데 어디서 전화하는 걸까, 그런 게 신경쓰인다.

"그거 이상하지 않니? 이상하잖아. 왜 석 달이나 내버려 뒀어? 병원은? 데려갔니?"

"병원? 아뇨…… 병원 말씀이세요?"

남편이 처음 비를 맞으러 나갔던 날을 떠올린다. 봄 폭풍이 왔던 날이었다. 남편의 귀가를 기다리면서 인터넷으로 근처 병원을 검색했다. 하지만 그게 마지막이었다. 남편과 병원 얘기는 한 번도 하지 않았다. 어째서 거기서 그만뒀을까. 정말 필요했다면 몇 번이고 알아봤을 테다. 정말 필요하다고 생각했다면. 병원이라고 입안에서 세 번 중얼거리니 그 딱딱한 감촉에 정신이 또렷해진다. 병원에 데려간다. 이건 그런 의미의 말인가.

하아, 하고 시어머니가 말했다. 숨소리가 아니라 분명한 발음으로 "하아"라고 말한 것이었다.

"내가 병원에 데려갈게. 좀 알아보고…… 다시 연락하마."

그렇게 말하고 전화는 갑자기 끊겼다. '통화종료'라고 화면에 표시된 것을 보고 이쓰미는 한번 더 휴대폰을 귀에 댔다. 그렇게 아직 통화중인 척하면서 한동안 걸었다.

"그런 건 우리가 알아서 생각할 테니까 좀 내버려둬. 확실하진 않지만 겐시도 싫어할 듯하고. 다친 것도 아니고, 몸이 안 좋은 것도 아니잖아. 병원에 가도 낫지 않아. 본인한테 왜 목욕 안 하냐고 물어보지도 않았으면서 병원에 보내자니, 그냥 포기한 거 아냐? ⋯⋯아, 미안. 슬슬 점심시간 끝나니깐 전화 끊을게."

편의점 앞에 서서 혼잣말을 멈추고 귀에서 휴대폰을 뗀다. 화면은 진작 까맣게 변해 있다. 표정만 웃는다.

이쓰미는 편의점에 들어가서 페트병 음료를 물끄러미 보고 냉장고 문을 열려다가 지갑도 안 들고 나왔다는 사실을 떠올리고 편의점에서 나온다. 이쓰미가 입은 회색 치마에는 주머니가 없어서 휴대폰을 손에 들고 양팔을 규칙적으로 움직이며 걷는다. 불과 오 분 남짓한 거리를 걸어가는 동안 흥건하게 땀이 났다. 창고가 가까운 탓에 오가는 트럭도 많아서 큰길은 먼지가 흩날린다. 피부와 머리카락에 먼지가 쌓이는 느낌이 든다. 팔꿈치 안쪽 주름에 고인 땀을 휴대폰을 들지 않은 쪽 손가락으로 비벼서 펼치자 때가 지우개 똥처럼 회색 알갱이가 되어 나왔다. 손가락으로 집어서 코끝에 갖다

댄다. 희미한 땀냄새가 났다. 무더운 여름날 땀을 흘린 뒤 에어컨이 켜진 시원한 방에 들어가면 얼마 지나지 않아 가슴팍 부근에서 풍겨오는 냄새를 닮았다.

다리 위에서 강을 내려다본다. 이쓰미에게 강이라 함은 어린 시절에 수영하고 놀았던 시골의 강을 의미했다. 지금 눈앞에서 화학약품 냄새를 풍기며 거의 흐르지 않고 고여 있는 물을 똑같이 강이라고 부르기는 내키지 않지만 그 또한 강의 일종이었다. 검은색으로 보이기도 하고 파란색으로 보이기도 하는 수면을 응시하며 대체 뭘 섞어야 이런 독극물 같은 색이 되는 걸까 생각한다. 강 위에 뜬 물거품이 터지지 않고 흔들린다. 이 썩은 물이 바다로 흘러가고, 그 바다는 고향의 강이 향하는 곳과 이어져 있다고 생각하면 이쓰미는 좀 답답한 기분이 된다.

남편이 어떻게 된 건지 가장 알고 싶은 사람은 이쓰미 자신이다.

어떻게 된 것인가. 앞으로 어떻게 할 것인가.

울 것 같아서 무심코 걸음을 멈춘다. 눈물이 나오기를 기다려봤지만 나오지 않았다. 울 것 같으니까 그나마 다행인

가. 냉정하게 생각한다. 난간만 그럴싸한 다리 위에서 고개만 내밀어 강을 내려다보고 헤엄치는 물고기가 없는지 확인한다. 이렇게 더러운 물속에서도 물고기를 발견하는 경우가 있다. 이 강에서도 꽤 오래전에 한 번, 2리터 페트병만한 물고기가 여러 마리 헤엄치는 모습을 보았다. 버려진 잉어일까? 아니면 이 강에서 태어난 물고기일까? 이렇게 냄새나는 강에서도 다 클 때까지 살 수 있는 걸까?

다리를 건너 일직선으로 걸어서 회사로 돌아온다. 정문 옆에 있는 분수를 들여다본 뒤 멈추지 않고 사무실이 있는 건물로 향한다. 햇빛 아래를 걷다가 건물 안에 들어가자 시야가 어두워졌다. 벽과 바닥이 모두 새하얀 복도에 분명 형광등이 켜져 있는데도 시야 양끝이 조금씩 검다. 사무실에 들어가서 시계를 보니 점심시간이 끝나기 오 분 전이고, 동료는 이미 일을 시작한 상태였다. 이쓰미도 자리에 앉아서 절전 상태에 들어갔던 컴퓨터를 다시 켠다. 시어머니에게 전화가 왔을 때 먹다가 봉지에 다시 넣었던 빵은 어차피 안 먹겠지 싶어 봉지째 쓰레기통에 버렸다.

시어머니에게 다시 전화가 걸려온 건 일주일 뒤였다. 이번에는 낮이 아니라 밤, 일을 마친 이쓰미가 근처 도시락집에서 산 저녁밥을 다 먹었을 무렵이다. 남편은 아직 귀가하지 않았다.

병원을 찾는 데 일주일이라는 시간이 짧은 건지 충분한 건지는 모르겠지만 슬슬 전화가 오겠다고 생각하던 참이라, 휴대폰 착신음이 울리고 화면에 표시된 이름을 보기도 전에 이쓰미는 시어머니 얼굴을 떠올리고 있었다. 텔레비전을 끄고 전화를 받는다.

"여보세요? 얘, 이쓰미, 겐시 회사에서 또 전화가 왔구나."

예상하지 못했던 화제에 허를 찔린 바람에 놀란 목소리가 나온다.

"어, 또요? 왜요?"

"사내 괴롭힘이래."

하아, 하고 시어머니가 한숨을 내쉬었다. 이번에는 들으라고 한 것이 아니라 진심으로 나온 한숨 같았다.

"체취로 주위를 불쾌하게 만드는 것도 일종의 사내 괴롭힘이라는구나. 병이 있거나 원래 체취가 그러면 어쩔 수 없지만 겐시는 그게 아니지 않냐며. 그러니까 개선되지 않으면 지금 같은 일…… 그러니까 영업 일은 못 시킨대. 겐시한테는 이미 그렇게 말했다고. 요전번 나한테 겐시 몸이 안 좋은 것 같다고 전화했을 때, 이미 겐시한테는 일을 계속할 수 없을 거라고 얘기했었다는구나. 본인에게 말하고, 나한테도 전달하고, 그래도 개선되지 않아서 한번 더 전화했다고. 이쓰미, 일 얘기든 뭐든 겐시가 너한테 아무 말 없었니?"

아무 말 없었냐고 물으면서도 시어머니는 애초에 이쓰미의 대답을 바라지 않는 것 같았다. "전혀요"라고 이쓰미가 대답했지만, "하아, 정말 어떡하니"라며 시어머니는 대답 따위 듣지 못했다는 듯 벌써 앞일을 생각한다.

"어떡하니, 정말. 어쩌면 좋아. 겐시는 왜 목욕을 안 하는 거니?"

"모르겠어요. 하기 싫다는 말뿐이라."

"목욕했으면 좋겠다고 했어?"

"하긴 했어요. 겐시 씨도 하려고 시도는 했는데 잘 안 됐어요. 그래도 더러운 걸 의식하고는 있어서, 따뜻한 물과 비누를 쓰진 않아도 물로 씻고는 있어요."

"찬물로만 씻는다는 소리니?"

"아뇨…… 비 오는 날에, 빗물로요."

전화 건너편에서 시어머니가 숨을 삼키는 기색이 느껴졌다. 잠시 침묵하더니 툭 내뱉는다.

"머리가 이상해진 거니?"

그러고는 울 것 같은 목소리로 "어떡해"라고 덧붙였다. 그 말을 끝으로 전화기를 손으로 막은 모양인지 시어머니의 목소리는 물론이고 건너편 소리가 아무것도 들리지 않았다. 정말로 울고 있을지도 모른다.

"왜 아무 말이 없니?"

긴 침묵 끝에 시어머니가 억누른 목소리로 중얼거렸다. 이쓰미는 자신이 말할 차례였나 싶어서 당황하며 입을 열었다가 그대로 움직임을 멈춘다. 말하고 싶은 것이 하나도 없었다.

"이건 부부 문제야. 그러니까 너한테 말하는 거잖니. 대체 뭐야, 병원에도 안 데려가고. 겐시가 소중하지 않은 거니? 응? 겐시도 이상하지만, 너도 이상하구나."

그때 현관문이 열리는 소리가 났다.

이쓰미는 재빨리 "겐시 씨가 왔으니까 끊을게요"라고 말하며 시어머니의 대답을 기다리지 않고 전화를 끊었다. 그리고 이제 지긋지긋하다고 생각하며 휴대폰 전원을 아예 껐다. 이제 지긋지긋하다. 세상에 소꿉장난 같은 삶이 하나라도 존재한다고 생각하는 사람과 얘기하는 건. 사는 게 힘들지 않은 사람은 없다는 걸 모르는 사람과 얽히는 건. 이러쿵저러쿵 시끄럽다.

"다녀왔습니다."

거실에 들어온 남편은 조금 전 이쓰미가 먹은 것과 같은 도시락집의 봉지를 손에 들고 있었다.

"고생했어. 나도 오늘 그 집 도시락 먹었는데."

"그래? 나는 가지 된장 볶음 샀어."

남편이 탁자에 앉아 저녁을 먹는 동안 이쓰미는 소파에 앉아서 텔레비전을 보았다. 남편도 텔레비전에서 방영되는 여행 프로그램을 보며 "저 튀김 맛있겠다" "저렇게 논이 이어져 있으니까 평화롭고 좋네" 같은 추임새를 넣는다.

"와, 저 강 엄청 깨끗하다. 저런 데서 수영하고 싶어."

텔레비전에는 도치기현 깊은 산속의 강이 나오고 있었다.

동네 아이들이 큰 바위 위에서 순서대로 뛰어드는 강물은, 패널로 나온 연예인이 눈을 동그랗게 뜨고 "에메랄드그린이네요!"라고 감탄할 만큼 아름다운 녹색으로 빛났다. 햇빛에 반짝이는 모습이 이쓰미의 기억 속 강과 겹친다.

"그럼 이번에 같이 친정에 다녀올래? 우리 시골에 있는 강 위쪽은 이런 느낌이거든. 엄청 예뻐."

"어, 정말? 수영할 수 있어?"

"응. 어릴 때 종종 수영하러 갔어. 차로 삼십 분 정도 산길을 올라야 하지만."

"엄청 좋다. 갈래, 갈래. 언제?"

"이 담에 가는 건 오본*?"

머릿속에서 달력을 떠올린다. 석 달 뒤 오본 연휴 때는 다녀올 수 있을 것이다.

"한참 남았네. 더 빨리 가고 싶은데. 이번 주말은 안 돼?"

"이번 주말?"

이쓰미는 놀라서 남편의 얼굴을 물끄러미 쳐다보았다. 남

---

* 양력 8월 15일을 전후로 조상의 영을 기리는 일본 명절.

편이 기대 섞인 표정으로 끄덕인다.

도쿄에서 이쓰미의 고향까지는 전철을 갈아타고 다섯 시간 정도 걸린다. 교통비가 문제가 아니라 단순히 시간이 안되어서 일 년에 두 번, 오본과 정월에만 친정에 다녀온다. 지난 십 년간 남편과 함께 간 적은 손으로 꼽을 수 있을 정도다. 따라와도 할일이 없고, 이쓰미도 혼자 다녀오는 편이 마음 편한 건 분명하지만, 만일 반대의 경우였다면 자신은 남편이 시골 본가에 갈 때마다 따라가야 하지 않을지 매번 고민했을 테니 남편이 치사하게 느껴지기도 했다.

"강물은 여름에도 꽤 차게 느껴지니까 지금은 아직 엄청 차가울 텐데."

"나 차가운 것 잘 참아."

"일박 이일 안에 다녀오는 건 좀 힘들지 않을까?"

"그럼, 금요일 밤에 가면 되지 않아? 일 마치고 막차로. 아, 몇시더라, 잠시만."

남편이 휴대폰으로 교통편을 검색한다.

"도쿄역에서 저녁 여섯시 반에 출발하는 신칸센을 타면 괜찮을 거 같아. 도착은 열한 시 반이구나. 역 앞에 호텔이 있었지? 거기서 자고 당신 집에는 토요일 아침에 가면 되겠다. 거기서 차 빌려서 강에 가자."

남편의 기세에 압도당한 이쓰미는 고개를 위아래로 끄덕였다.

"기대된다"라고 진심으로 기쁜 듯 말하는 남편의 표정을 보고 이쓰미는 깜짝 놀란다. 조금 전 시어머니가 말한, 체취도 사내 괴롭힘이라든가, 더는 일할 수 없다는 말을 들은 사람으로는 보이지 않았다. 그래, 애초에 남편은 물론이고 회사에서도 아무 말이 없었다. 시어머니에게 들은 말일 뿐이라고 생각하니, 그렇다고 모르는 척한들 괜찮을 리 없지만, 오늘만은 부디 이대로 있자 하는 마음도 들었다. 이쓰미는 껐던 휴대폰을 꺼내 갑작스럽지만 주말에 잠깐 갈 것 같아라고 엄마에게 메시지를 쓰기 시작한다.

신칸센은 2인 지정석을 잡았고, 자이라이센으로 갈아타고 나서는 자유석 칸에 탔다. 금요일 밤이지만 막차로 시골에 가는 사람은 적어서 승차율은 절반 정도였다. 그렇더라도 자신들 주위에 유독 사람이 없는 것처럼 느껴졌다. 이쓰미는 남편 냄새 때문일까 생각했지만, 남편은 신경쓰이지 않는 모양인지 "비어 있어서 다행이다" 같은 소리를 한다.

고향 역에 내린 사람은 이쓰미와 남편뿐이었다. 하나밖에 없는 개찰구로 가서 역무원에게 표를 건네고 나온다. 남편이 "기계가 아니네"라고 역무원에게 들리지 않도록 속삭였고, 이쓰미는 "전에 왔을 때도 그렇게 말했어"라고 대답한다. 시골에서는 자동개찰기보다 사람을 쓰는 편이 싸다.

그날은 역 앞 비즈니스호텔에 묵었다. 이런 시골에 투숙객이 있을까 의문이지만, 이쓰미가 대학을 졸업할 무렵 개업한 이래로 벌써 십 년 넘게 영업중이다. 객실은 육층에 있었는데, 호텔 외에는 단층이나 이층짜리 건물뿐인 동네라 먼 곳까지 훤히 보였다. 대부분의 집 창문은 벌써 불이 꺼져 있었다.

다음날, 느긋하게 아침을 먹은 뒤 택시를 타고 이쓰미의 집으로 향했다. 하늘은 맑게 개었고 논바닥에 깔린 물에 햇빛이 반사되어 눈이 부셨다. 심은 지 얼마 되지 않은 벼는 가늘어서 논마다 초록색보다 흙색이 눈에 띈다. 논가에는 드문드문 오렌지색 좀양귀비꽃이 피어 있다. 이런 풍경을 오랜만에 본다고 생각하며 이쓰미는 묘하게 진지한 기분으로 눈에 선명히 새긴다. 가는 도중에 강 옆길을 지나갔다. 강가의 모래밭을 절반쯤 남기고 물이 흐르고 있었다.

"다행이다. 흐르고 있네."

"강이 안 흐르기도 해?"

"산에서 바다까지 그렇게 멀지 않아서 비가 안 내리면 댐에서 멈추거든. 강에 흘려보낼 정도로 물이 없을 때는."

남편은 "흐음" 하고 중얼거리면서 눈으로 강의 흐름을 좇았다.

"안녕하세요, 갑자기 찾아와서 죄송합니다"라고 남편이 현관 앞에 서서 정중하게 고개를 숙이고 인사하자 엄마는 "괜찮아, 괜찮아"라며 시야를 차단하듯 얼굴 앞에서 크게 손을 내저었다. 그러고는 그 손으로 "나는 됐으니까, 아버지한테 인사드리렴" 하고 불단이 있는 방 쪽을 가리켰다. 남편은 고개를 끄덕이고 "실례합니다"라고 말하고 마루로 올라가 바로 방으로 향했다. 이쓰미는 두 명분의 짐을 거실에 옮기고 도쿄역 앞 다이마루에서 산 선물을 엄마에게 건넸다. "마카롱이네, 여기서는 안 파는 건데"라며 신이 난 엄마를 한바

탕 상대하고 나서야 겨우 불단으로 향한다.

이쓰미가 방에 들어갔을 때 남편은 아직 불단 앞에 앉아 있었다. 이쓰미가 온 것을 알아차리고 불단 앞에 깔린 방석에서 일어나 자리를 내어준다. 이쓰미는 종을 울리고 재빨리 손을 모았다가 바로 눈을 떴다. 위패가 세 개 나란히 놓여 있다. 아빠의 위패와 할머니의 위패, 제일 오른쪽에 있는 것은 할아버지의 위패다. 일어서서 남편과 같이 거실로 돌아간다. 엄마가 내린 녹차를 셋이 마시고 마카롱을 먹는다. 엄마는 말차색 마카롱 하나를 작은 접시에 얹어서 불단에 바쳤다.

엄마의 경차를 빌려서 외출한다. 차 열쇠를 건네며 엄마는 이쓰미에게만 들리는 목소리로 "괜찮니?"라고 물었다. 남편 냄새는 당연히 알아차렸을 것이다. 이쓰미는 "안 괜찮을지도 모르지만 괜찮아"라고 털어놓는다.

"엄마한테," 하고 엄마가 말을 꺼낸다. 엄마는 이쓰미에게 말을 걸 때면 스스로를 '엄마'라고 불렀다. "엄마한테 사촌이 있는데, 그 집 애가, 너도 어렸을 때 만난 적 있거든, 요헤이라고 농업협동조합에 근무하는…… 넌 기억 못할지도 모르겠지만."

"기억 안 나."

"요헤이가 서른다섯 살쯤 때였나, 우울증이 왔는데, 그애도 그때 목욕을 안 했나보더라. 사흘이고 나흘이고 안 해서 부인이 억지로 부탁하면 겨우 하고 그랬대. 겐시도 혹시 그런 거니?"

글쎄, 어떨까. 일은 나가고, 식욕도 있고, 컴퓨터로 동영상을 보거나 맥주를 마시거나 산책하기도 하고, 이쓰미와 나누는 대화도 지금까지와 다를 게 없다. 단지 목욕을 안 할 뿐, 우울증이냐고 물으면 뭔가 다르다는 느낌이 들었다. 그래서 "그건 아니라고 생각해"라고 대답하자 엄마는 난처한 표정으로 "그러면 대체 뭐니?"라고 작은 목소리로 중얼거린다.

대체 뭘까. 잘은 모르겠지만 목욕을 안 하게 되었을 때부터 남편이 저 너머에 있는 듯한 느낌이 든다. 손을 뻗으면 이쓰미도 닿을 수 있는 곳이지만, 발밑을 보면 희미한 선이 그어져 있다. 자세히 보면 그 선은 페인트로 그린 것이 아니라 땅속 깊은 곳까지 팬 균열이다. 너무 깊은 탓에 빛을 흡수해서 검은 선으로 보이는 것이다. 좁은 균열이라 거기 빠질 일은 없다. 다만 남편이 서 있는 땅과 이쓰미가 서 있는 땅을 분명하게 나누고 있다. 이쓰미도 언제든지 그 선을 넘을 수 있다. 평범한 한 걸음보다 작은 보폭으로도 넘을 수 있을 만큼 좁은 틈이다. 그러니까 딱히 언제든 상관없다고, 남편 곁으로 가고 싶어졌을 때 넘어가면 된다고 생각한다. 틈이 이따금 삐걱대는 소리를 내도 눈치채지 못한 척한다. 균열에서부터 금이 퍼져나가는 소리를 뿌리치듯, 이쓰미는 고개를 젓고 엄마에게서 차 열쇠를 받아 현관 밖에서 기다리는 남편을 향해 발길을 재촉한다.

　오랜만의 운전에 긴장한 이쓰미가 규정 속도를 엄격하게 지켜가며 차를 모는 동안, 남편은 조용히 있기로 한 모양인지 말없이 창밖을 보고 있었다. 남편은 운전을 못한다. 대학 1학년 때 합숙면허로 딴 운전면허증을 지금도 갱신하고 있지만 졸업 후 한 번도 운전석에 앉지 않았다고 한다. 영업 쪽에서 일하다보면 차를 몰 일이 많을 거라고 생각하기 쉽지만 수도권 영업은 전철을 이용했다. 이쓰미도 도쿄에서는 차를 타는 일이 없지만, 오본과 정월에 고향에 돌아왔을 때는 엄마 차를 빌려서 운전한다.

강을 따라 올라가면 빠르지만 좁은 1차선 도로인데다 반대편에서 오는 차가 많은 길이라서 대신 시청과 종합병원이 있는 큰 도로까지 나간다. 정면에 떡하니 산이 보이고 완만한 오르막길이 이어졌다. 국도를 넘으면 드디어 산길에 들어선다.

산길은 강을 따라 이어져 있다. 길 왼쪽은 산, 오른쪽에는 강이 있고, 강 너머에는 또 산이 있다. 짙은 것부터 옅은 것까지 녹색이 흘러간다. 강물은 본가 옆보다 훨씬 투명해 보였다. 수영만 하는 거라면 여기도 충분하겠지만, 모처럼의 기회니 텔레비전에서 본 것과 비슷할 만큼 깨끗한 강을 남편에게 보여주고 싶었다.

도로가 단숨에 가팔라지고 시야에 들어오는 녹색이 훨씬 짙어진다. 선을 그어 구분지을 수 있을 만큼 확실하게 여기부터 산이라는 느낌이 났다. 그리웠다. 시골에 돌아와도 산에 올 일은 없었다. 차도를 따라 드리운 녹색 단풍잎을 보자, 어린 시절 바다 근처의 강 하류까지 어린 단풍잎이 많이 떠내려오곤 했던 것이 떠오른다.

남편이 창문을 살짝 열자 운전대를 잡은 이쓰미의 팔에

생각보다 훨씬 차가운 바람이 부딪힌다. 여기와 마을은 온도가 다르다. 반소매 셔츠만 입어서는 추울지도 모르겠다. 그래도 기분이 좋다. 바람은 식물의 기운을 가득 싣고 있었다. 까마귀도 참새도 아닌 새의 울음소리와 벌레 소리도 들렸다.

"산에 왔네."

남편이 말했다. 이쓰미는 앞을 응시한 채 고개를 끄덕인다.

"이제 곧 강이야."

댐을 넘어서자 길은 더욱 좁아졌다. 중앙선이 군데군데 벗어져 있다. 더 가면 산을 넘어 이웃 현으로 이어지는 길밖에 없다. 이따금 이쓰미의 회사에 오는 것과 비슷한 대형트럭이 느릿느릿 달리는 이쓰미의 차를 추월해 갈 뿐, 이제는 차도 거의 보이지 않는다.

짧은 터널을 세 개 빠져나온 곳에서 공터를 발견하고 차를 세운다. 차에서 내리자마자 발밑에서 피어오르는 강렬한 풀 냄새에 멈칫했다. 숨이 얕아진다. 드넓은 공터에는 풀이 무성해서 바람이 불면 부는 대로 길이 생기는 것이 눈에 보였다. 이쓰미에게 이곳은 태어나고 자란 마을의 한 부분인데도 멀리까지 왔다는 생각에 불안한 마음이 든다.

"여기 초등학교였나봐."

남편이 공터 끝에 놓인 나무판을 보며 말한다.

"이런 산 위에도 옛날에는 초등학교가 있었구나."

여기 올 때까지 집이 몇 채나 있었을까. 이쓰미는 남편 곁으로 가지 않고 그가 안내판을 다 읽기를 기다렸다. 이제 건물도 남아 있지 않다. 넓은 나대지에 잡초가 나 있다. 잡초라기보다 이제는 어린나무라고 불릴 만한 식물도 자라 있다. 초등학교가 폐교된 게 최근은 아닐 것 같았지만, 얼마나 옛날 일인지는 왠지 알고 싶지 않았다.

강으로 내려가는 길은 대부분 짐승이 다니는 길로 보였다. 계단이나 난간은 없고 덥수룩하게 잡초가 우거진 경사면에 똑바로 갈색 선을 그은 것처럼 땅이 보인다. 폐신문을 묶는 데 쓰는 흰 비닐 끈이 나무에서 나무로, 나무가 없는 곳은 땅에 놓인 돌로 이어져서 길잡이가 되고 있었다. 이 근방에 사는 사람이 자신들을 위해 만들어둔 것일 테다.

하늘빛을 투과한 강물은 짙은 파랑과 옅은 파랑과 초록으로 장소마다 색을 바꿔 흐르고 있다. 그중에서도 녹색이 짙고 아름다운 장소에서 이쓰미와 남편은 걸음을 멈췄다. 생각해보면 도쿄의 강물도 녹색이긴 하다. 검은색이나 회색으로만 보였던 건 더럽고 썩어 있다는 생각 때문일지도 모른다. 실제로는 수초가 자라 있을 테니 바짝 말라서 빛도 반사할 수 없을 만큼 짙어진 초록색이라고도 할 수 있다. 이쓰미의 눈에는 다 똑같은 흙빛으로 보이지만.

"깊은 곳은 바닥 쪽 물살이 빨라서 위험하니까 들어갈 거면 얕은 곳에만 가."

물놀이 사고로 매년 몇 명씩 죽는다는 게 생각나서 남편에게 주의를 준다. 남편은 "응" 하고 어린아이처럼 순순히 고개를 끄덕이고 재빨리 강으로 향한다. 물가에서 멈춰 서서 가만히 수면을 응시하는가 싶더니 옷을 벗기 시작한다. 티셔츠와 7부 길이의 치노 팬츠를 벗어서 근처 바위 위에 두고, 그 위에 러닝셔츠와 속옷도 겹쳐서 놓았다. 양말도 벗으려고 하기에 말을 건넸다.

"양말은 신는 게 좋을 거야. 뾰족한 돌에 발바닥을 베일 수도 있거든."

남편은 고개를 끄덕이고는 맨몸에 양말만 신고 강에 들어간다. 양다리를 복사뼈까지 담그고 "엄청 차가워"라며 기뻐

한다. 등에 커다랗게 습진이 생겼다. 허벅지 안쪽에 길고 가는 모양으로 더러움이 묻은 것도 보였다. 다리 사이에서 남성기가 흔들린다. 이쓰미는 나무 그늘에 있는 크고 평평한 바위 위에 앉았다. 가져온 벌레 퇴치 스프레이를 몸에 뿌린다.

남편은 뜨거운 온천에 들어갈 때처럼 무릎을 굽히고 양손으로 물을 떠서 허벅지, 허리 부근, 어깨 순으로 뿌리며 서서히 몸을 적응시킨다. 몸에 물을 끼얹을 때마다 "엄청 차가워!"라고 몇 번이나 반복해서 외쳐서 그 목소리가 산에 메아리친다. 허리 깊이까지 첨벙첨벙 걸어들어간 남편은 "이얍" 하는 소리와 함께 기합을 넣더니 단숨에 어깨까지 물에 담근다. "엄청 차가워!"라고 또 소리친다. 이쓰미는 일어나 물가로 가서 양손으로 돌을 들어올려 남편 근처에 던져넣었다. 커다란 물보라가 일며 남편의 머리 위로 물이 쏟아져내렸다. 뭐하냐며 남편이 비명을 지른다. 이쓰미는 웃으면서 나무 그늘로 돌아간다.

남편은 강 속에서 무릎을 끌어안고 웅크려 앉아 있었다. 딱 목 위쪽만 물 밖에 나와 있다. 각다귀가 날아와서 피를 빨려고 하자 머리끝까지 쑥 담갔다가 다시 얼굴을 들었다.

"차가운 거, 좀 익숙해졌어."

그렇게 말하고 물속에서 팔다리를 펼치더니 "씻어야지"
하며 팔다리와 엉덩이와 고간을 문지르기 시작한다. 쉴새없
이 흐르는 강물이 남편 몸에서 나온 때를 하나도 보여주지
않고 멀리 보낸다. 발을 바닥에 붙이고 상반신만 배영 자세
로 누워서 머리카락을 물에 담그고 머리를 문지른다. 남편의
짧은 머리카락이 좌우로 퍼져 팽창한 것처럼 보였다.

"머리카락이 빠져서 떠내려갔어."

일어선 남편이 강이 흘러가는 쪽을 보면서 말한다. 이쓰
미도 남편의 시선이 향한 쪽으로 고개를 돌렸지만 반사된 햇
빛이 빛나고 있을 뿐 물속은 전혀 보이지 않는다. "안 보여"
라고 남편에게 말한다. 남편은 "왠지 싫다"라며 분한 표정을
짓고 있다.

한차례 몸의 때를 흘려보낸 남편은 물이 얕은 곳으로 가
서 앉았다. 허리께까지 담그고 고개를 기울여서 물속을 응시
한다.

이쓰미가 앉은 나무 그늘에서는 수면에 햇빛이 반사되어
서 물속은 보이지 않는다. 남편이 보고 있을 물속을 상상했

다. 물고기는 인간이 내는 소리에 놀라 도망쳐버렸겠지. 벌레는 헤엄치고 있을지도 모른다. 식물 씨앗이나 벌레 말고 흐물흐물한 먼지 같은 것도 흐르고 있을지 모른다. 이쓰미가 어린 시절 강에서 자주 보았던 것이다. 벌레인지 식물인지는 몰라도 쓰레기는 확실히 아닌 것이 때때로 강을 떠내려갔다. 이쓰미는 바다 근처 강 하류에서 놀았지만, 그게 산에서 흘러내려왔다는 건 누가 알려주지 않아도 막연히 알고 있었다. 양손으로 그릇을 만들어서 잡으려고 해도 떠내려가고 만다. 아마도 바다까지.

"추워."

남편이 일어나서 알몸인 채 이쪽으로 걸어온다. 강가 모래밭에 젖은 양말 모양으로 발자국이 생긴다. 이쓰미가 건넨 목욕수건을 몸에 두른 채 남편은 양지에 주저앉는다. 태양이 바로 위에서 남편을 비춘다.

"그러다 각다귀한테 물려."

이쓰미가 말을 걸자 남편은 팔다리를 잘게 움직이기 시작한다. 가만히 있으면 물린다는 생각에 계속 움직인다. 그 기묘한 움직임에 이쓰미는 소리 내어 웃었고, 그 소리를 듣고 남편도 웃었다.

　이쓰미는 생각한다.

　설령 미쳤다고 해도, 뭔가 잘못돼서 이렇게 된 것이라고 해도, 남편이 팔다리를 잘게 움직이며 웃을 수 있다면 그걸로 됐다. 손끝에서 튄 물방울이 주변 돌에 점점이 흔적을 남긴다. 그 점과 점을 시선으로 엮어나간다. 이러는 동안 우리는 아무것도 틀리지 않은 채로 있을 수 있다.

　남편이 눈을 감고 고개를 위로 든다. 눈을 감았는데도 눈꺼풀 안쪽이 밝다며 당연한 소리를 한다. 이쓰미도 나무 그늘에서 나와 똑같이 눈을 감고 위를 본다. 진짜 그렇네. 그렇게 말하고 눈을 뜨자 언제부턴가 눈을 뜨고 있던 남편이 이쪽을 보고 있다. 그 눈동자 안이 태양빛을 모아둔 것처럼 반짝반짝 빛나고 있었다.

　몸이 마르고 나서 남편은 한번 더 강물에 들어갔다. 양손으로 첨벙첨벙 물을 흩뿌리고는 "예쁘다"라고 말했다. 정말 예쁘다. 몹시 예쁘다.

　다음날은 아침부터 비가 내렸다. 그렇게 강한 비는 아니었지만 산 위, 특히 댐 위쪽은 강의 흐름을 읽을 수 없으니 안 가는 편이 좋다고 엄마가 말했다.

"자기가 있는 곳에 비가 내리고 안 내리고는 상관없어. 산 위에서 많이 내리면 전부 밑으로 흘러오니까."

막상 가보면 전혀 물이 흐르지 않을 수도 있으니 폐교 근처까지 가보겠냐고 이쓰미는 남편에게 물었다. 하지만 "위험하면 안 갈래"라고 하기에 집에서 걸어서 갈 수 있는 강 하류에 산책하러 가기로 했다.

바다와 가까운 그곳은 큰 바위투성이인 상류의 강변과는 달리 자갈이나 모래뿐이라서 걷기 쉽다. 넓은 하천 부지도 있어서 보는 눈이 많다. 오늘도 비가 내리는데 비옷을 입고 조깅하는 사람이나 개를 산책시키러 나온 사람이 있었다.

이쓰미는 남편이 이런 곳에서 벌거벗고 강에 들어갈 리 없다는 걸 알면서도, 수면 가까이 다가가는 뒷모습을 바라보고 있자니 '만일 지금 남편이 옷을 벗기 시작하면 어떡하지'라는 상상을 멈출 수 없었다. 나는 대체 남편을 어떻게 생각하고 있는 걸까. 이렇게 남들 눈이 있는 곳에서 남편이 알몸이 될지도 모른다고 생각하다니.

그런 일은 절대 있을 수 없다고 여기면 상상조차 안 하지 않을까? 남편이 미쳐서 난처한 상황에 부닥치고 싶지 않으니까 그런 상상을 하고 마는 것 아닐까? 그렇다면 어제 강 상류에서 보았던 아름다운 광경은 대체 뭐였을까. 분명 그걸로 됐다고 생각했을 텐데. 그런 생각은 결국 따뜻한 햇살 아래 둘이 있을 때만 생기는 환상 같은 거였나.

강변 쪽으로 콘크리트 계단을 내려간다. 비가 내리고 있지만 수량이 눈에 띄게 늘진 않는다. 어제보다 조금 많이 흐르는 정도였다. 상류의 물에 비하면 덜 투명하다. 자갈 틈으로 싹을 낸 잡초를 밟으며 걷는다. 운동화 밑에 풀이 짓밟히는 느낌이 든다.

"이 근처는 별로 안 예쁘지?"

'수영 못하겠지?'라는 뜻으로 이쓰미는 말했다. 남편은 빗방울이 무수히 많은 파문을 만드는 강 수면을 응시하며 고개를 끄덕였다. 남편이 뭔가 말한 듯했지만 우산에 부딪히는 빗소리에 섞여 잘 들리지 않았다. 수미터 거리를 유지하며 강가를 걸었다. 질경이, 냉이, 방가지똥, 봄망초. 눈에 들어온 식물의 이름이 하나하나 머리에 떠올라서, 이쓰미는 어린 시절의 기억이 현재와 직접 이어져 있는 듯한 감각에 놀란다. 남편은 식물의 이름을 하나도 모르겠지. 궁금할까? 남편 발밑에는 별꽃이 피어 있었다.

별꽃이라고 말하려 할 때, 우산에 부딪히는 빗소리가 강해졌다. "슬슬 집에 가자"라고 말을 걸자 남편은 고개를 끄덕이고 따라왔다. 집까지 걸어가면서 내내 별꽃 이름을 알려줄 걸 후회한다. 비가 거세져도, 몸이 젖어도 별로 신경쓰지 않는 사람이니 좀더 강에 있다 왔으면 좋았을 텐데. 그 꽃 이름, 별꽃이라고 해. 그렇게 알려줬다면 남편은 분명 기뻐했을 텐데 말해주지 못했다. 저건 냉이. 봄망초는 알고 있을지도 모르지만. 어쩌면 했을지도 모르는 대화를 머릿속으로 이어나가는 사이에 집에 도착했다.

점심이 지나서 전철을 탔다. 저녁은 도쿄의 집에서 먹는다고 생각하니 몹시 피곤한 기분이 들었다. 회사 근처의 독극물 색 강이 머리에 떠올랐다. 이제 그곳으로 돌아가는 것이다. 역까지는 엄마가 차로 데려다줬다. 역 앞 로터리에서 손을 흔들자 엄마는 "또 언제든지 오렴. 아무때나 와도 되니까"라고 말했다. 남편이 고개를 끄덕였다.

밤에 이를 닦는데 남편이 세면대 거울 너머로 이쓰미와 눈을 맞췄다.

"주말에 혹시 약속 있어?"

"토요일 저녁에 고야우치 씨랑 밥 먹으러 가서 늦게 올지도 몰라."

고야우치 씨는 몇 년 전에 그만둔 직장 동료인데, 지금도 반년에 한 번 정도 연락이 온다. 사람들과 만나는 걸 좋아하는 그녀는 순서대로 여러 사람을 만나는데, 만나는 사람 목록 안에 이쓰미도 있는 것 같았다. 일 년에 몇 번 만나는 것 이상으로 친해지지 않는 걸 전제로 한 이 관계가 마음 편하고 좋았다. 저번에 만났을 때는 1월이었다. 그 무렵 남편은 아직 목욕을 했었다.

"나도 나갈지도 몰라. 아직 정하진 않았지만 어쩌면 금요일 저녁부터 집에 없을 수도 있어."

목욕하지 않고부터 남편은 휴일도 집에서 보낼 때가 많아졌지만 원래 외출을 좋아하는 사람이었다는 게 생각난다. 둘이 함께 여행하기도 하고, 남편 혼자 나가서 외박하고 올 때도 있었다. 만화 카페에 묵으면서 만화책을 읽거나, 밤샘 상영을 하는 영화관에서 액션 시리즈를 보기도 했다. 이번에도 그러겠거니 했는데, 금요일 저녁 남편에게 메시지가 왔다.

지금 지난주에 갔던 강에 갈 참이야.

지난주처럼 일요일 밤에는 돌아올 예정이라고, 이쓰미가 없으니 금요일 밤뿐만 아니라 토요일 밤도 호텔에 묵을 생각이지만, 강 상류에 가고 싶으니 장모님에게 운전을 좀 부탁드리고 싶다고 했다. 택시로 가도 되겠지만 자신은 조수석에 타고 있었을 뿐이라 길도 모르고 주소도 모르니까, 번거롭게 해서 미안하지만 대신 부탁해줄 수 없겠는지, 혹시 힘들면 구글맵 같은 걸로 대강 장소라도 알려줄 수 있는지 하는 내용이었다.

이쓰미는 놀라서 바로 남편에게 전화하려고 휴대폰을 손에 들었다. 언젠가 시어머니에게 전화가 왔을 때처럼 말없이 주위에 묵례하면서 복도로 나와 똑바로 걷는다. 인적 없는 복도의 막다른 곳에서 발신 버튼을 누르려다 그만뒀다. 코로 천천히 숨을 내쉰다. 착신 이력에는 시어머니의 이름만 가득하다. 부재중 전화를 나타내는 빨간색. 한 번도 다시 걸지 않았다.

말려봤자, 라고 이쓰미는 생각한다. 가지 못하게 말려봤자 남편이 있을 수 있는 곳은 여기, 어디로도 이어져 있지 않은 막다른 골목 같은 곳밖에 없다. 그나마 남편이 어딘가 갈 수 있다면 그 강뿐일 테다.

연락처에서 엄마 번호를 다시 선택하고 전화를 건다. 엄마는 바로 받았다.

"이 시간에 무슨 일이니? 일은 어쩌고?"

"잠깐 나왔어. 있잖아, 겐시 씨가 이번 주도 그쪽에 가고 싶다네. 미안한데 엄마가 차로 강까지 데려다주면 안 될까?"

"그래, 알겠어…… 너는 안 오고? 겐시 혼자?"

엄마의 말을 듣고 나서야 자신이 따라가는 방법도 있다는 것을 깨닫는다.

따라가는 편이 좋을까. 혼자 두지 않는 편이 좋으려나. 하지만 남편은 혼자서도 괜찮아 보인다. 반짝반짝 빛나던 강의 수면을 떠올린다. 혼자서도 괜찮을지 모르지만 그래도 같이 가지 않겠느냐고 먼저 물어봐줘도 좋았을 텐데. 이쓰미는 기분이 나빠져 엄마에게 그래봤자 소용없다는 걸 알면서도 퉁

명스러운 말투로 "안 가"라고 대답하고 만다.

"강 상류에 있는 초등학교 부지…… 아, 할머니가 다녔던 학교구나. 심상소학교 부지 맞지?"

"할머니가 그 근처에 사셨어?"

이쓰미는 고등학생 때 돌아가신 외할머니의 얼굴을 떠올린다. 이쓰미가 철들었을 무렵에는 시청 근처에 있는 삼촌 집에 같이 살고 계셨다. 음악을 좋아하셔서 이쓰미가 놀러가면 카세트테이프를 잔뜩 보여주셨다. 오래된 곡을 둘이 함께 골라서 틀어놓곤 했다.

"좀더 산 아래쪽에 살고 계셨지만 옛날에 칠팔 킬로미터 정도는 거뜬히 걸어서 통학했으니까. 이제 건물이고 뭐고 다 없어졌지? 그래, 거기라면 잘 알지. 겐시를 데려다주고, 몇 시간 뒤에 데리러 가면 되는 거지?"

"응. 부탁할게요."

"겸사겸사 오랜만에 할머니 집 상태도 보고 와야겠다."

"할머니 집?"

"옛날 집이야. 낡아빠진. 너도 아기 때 간 적 있는데."

그렇게 말해도 기억나지 않는다.

"할머니가 혼자 살기 힘들어져서 삼촌 집으로 옮겼잖아. 그후에는 근처에서 밭일하는 사람한테 휴게실 대용으로 빌려줬어. 간단히 청소만 해달라고 하고 거의 무료로. 그 밭 주인도 재작년에 죽었거든. 그래서 팔려고 내놨는데, 그런 곳에 있는 집을 누가 사겠니? 다 헐고 나대지로 만들어도 안 팔릴 것 같고, 방법이 없더라. 엄마도 어렸을 때 살았던 집이라서 추억이 있으니 가끔 청소하러 가."

"흐음."

엄마와 대화할 때는 얘기를 이어나가거나 관심을 표현하는 것이 아닌 단순한 입장단이 나온다. "흐음" 하고 무의식 중에 내뱉으면서 이쓰미는 마음속으로 그 집을 세세하게 상상했다.

본 적 없는 허름한 목조 주택이 머릿속에 떠올랐다. 분명 정원도 있으리라. 정원에서는 좁은 도로를 사이에 두고 강이 보일 테지. 집 뒤는 산이고, 집과 산 사이에는 담장도 없다. 설령 있더라도 썩어버렸을 것이다. 툇마루에 앉는 남편을 그려본다. 잿빛 구름 자체가 빛을 내는 것처럼 비가 오는 환한 날, 벌거벗은 남편은 맨발로 정원을 디디고 툇마루에 걸터앉아 있다. 반짝반짝 빛나는 눈동자로 하늘을 올려다보는 남편을 이쓰미는 방안에서 지켜본다. 목욕수건을 개어서 툇마루에 놓고, 비를 맞으며 강으로 향하는 남편에게 "깊은 곳은 물살이 빠르니까 조심해"라고 말을 건네겠지.

엄마와 전화를 끊고 남편에게 메시지를 보낸다. 엄마한테 연락해놨어. 내일 아침 강에 데려가주겠대.

바로 답장이 온다. 고마워. 큰 도움이 됐어. 첨부 사진도 있다. 신칸센 창가에서 찍은 후지산이다.

토요일에서 일요일로 날이 바뀔 무렵, 남편에게 전화가 걸려왔다. 이쓰미는 고야우치 씨와 식사를 마치고 귀가한 참이었고, 화장도 지우지 않은 채 소파에 앉아서 술을 깨려고 물을 마시고 있었다. 의미 없이 만지작거리던 휴대폰이 손안에서 진동해 착신 화면에 뜬 남편 이름을 알아차린 순간, 마시던 물이 수돗물이라는 점이 의식되었다. 냉장고에 생수도 있었다는 생각이 들자 지금까지 신경쓰이지 않았던 염소 냄새가 갑자기 역하게 느껴진다.

"여보세요"라고 전화를 받으며 부엌에 서서 컵을 뒤집어물을 버렸다. 냉장고를 열고 생수를 꺼내 컵에 따른다.

"지금 전화할 수 있어? 고야우치 씨는 잘 지내고?"

"응. 좋아 보이더라." 당신한테도 안부 전해달라고 했다는 말은 왠지 하지 못한 채 삼켰다. "재밌었어. 당신은 오늘 어땠어?"

"점심 전에 장모님이 호텔까지 와주셔서 강에 갔어. 지난 번처럼 강에 몸도 담그고 강변을 걸어서 산책도 하면서 세 시간 정도 있다가 자전거로 호텔에 돌아왔어."

"자전거?"

"호텔에서 자전거를 대여해주길래 빌렸어. 장모님께 데리러 와달라고 하기는 죄송하고, 그렇다고 기다려달라기도 죄송해서 산에서 내려가기만 하는 거니까 자전거를 타면 편할 것 같더라고."

"그래도 거리가 꽤 멀잖아. 시간 오래 걸리지 않았어?"

"한 시간 정도 걸렸어. 그치만 언덕이라 페달을 안 밟아도 계속 내려올 수 있었으니까 피곤하진 않아. 엉덩이는 아프지만."

남편 목소리가 경쾌하고 밝아서 지난주 강에서 보낸 아름다운 시간과 연결되어 이쓰미에게 스며들 듯 와닿았다. 컵을 기울여 물을 마신다. 맛있네. 전화에 들리지 않을 목소리로 중얼거린다.

"그냥 그랬다고. 혹시 걱정할지도 모른다고 생각하니까 말해주고 싶어서 전화했어. 내일은 지난주랑 비슷한 시간에 돌아갈게. 아마 저녁 먹기 전에는 도착할 거야."

서로 잘 자라고 인사하고 전화를 끊었다. 이쓰미는 화면이 꺼진 휴대폰을 손바닥에 올려둔 채 응시했다.

강에 간다고 연락했을 때 만약 이쓰미가 막았다면, 남편은 숨을 쉴 수 없었을까? 물고기가 물속에서만 호흡하는 것처럼. 남편은 매일 거실 소파에 가라앉듯 주저앉아 산소가 부족한 물고기같이 입을 뻐끔거리는 것처럼 보인다. 이쓰미는 소파 위에 양다리를 끌어안고 앉아 맨발바닥으로 쿠션 커버를 눌렀다. 여기선 숨쉴 수 없는 거다.

그후에도 두 번, 남편은 혼자 이쓰미의 고향에 갔다.

역 앞 호텔에 묵고, 이쓰미 엄마의 차로 강 상류에 갔다가, 호텔에서 빌린 자전거로 산을 내려왔다. 왕복 3회분 교통비와 숙박비를 합치자 이번 달 집세를 넘어섰다. 남편은 그 일을 두고 "오랜만에 사치 부렸네"라면서 웃었다. 그 얼굴이 몹시 행복해 보인다고 이쓰미는 생각했다.

남편의 오른손에는 맥주, 왼손에는 텔레비전 리모컨이 있었다. 텔레비전에서는 연예인이 함정에 빠지는 깜짝 카메라 방송이 나오고 있었고, 탁자 위에는 드물게도 남편이 만든 저녁밥이 차려져 있었다. "왠지 오늘은 요리가 하고 싶어서"라는 말을 꺼냈을 때부터 평소와 달랐다. 가지와 피망, 죽순, 소고기를 중국식으로 볶은 요리와 연어 호일 구이. 따뜻하고 평화로운 풍경 속에 남편의 표정만 긴장으로 겉돌고 있다.

"나 사실, 회사 그만뒀어."

남편은 평온한 목소리로 그렇게 말을 꺼냈다. 이쓰미는 오른손에 들고 있던 캔맥주를 탁자에 내려놓았다. 평범하게 내려놓았을 뿐인데 그만 날카로운 소리가 나서 멈칫한다. 잠시 숨이 멎는다. 숨을 마셨다가 내뱉는 동시에 말하기 시작한다.

"그만두는 건 확정이야? 이미 그만뒀어?"

"오늘 상사한테 그만두겠다고 말했어. 역시 붙잡진 않았고, 정식 절차는 내일 이후 진행하겠지만 퇴사하는 걸로 알고 있겠대. 인수인계 같은 게 있으니 아직 당분간은 출근하고, 유급휴가 그대로 남았으니까 그후 한 달은 그걸 소진하고, 8월 말에 퇴사 처리될 거 같아."

논리 정연하고 정확하게 절차를 읊는 남편과, 그에게서 풍겨오는 지독한 냄새의 간극이 우스워서 이쓰미는 "야무지네"라며 조금 웃는다.

놀랄 일은 아닐 터였다. 남편이 목욕하지 않은 지 벌써 다섯 달이 넘었다. 시어머니가 남편 회사 사람에게 지금 일을 이대로 계속할 수 없다는 연락을 받았다고 했던 날부터, 이쓰미는 통근 전철이 늘 크게 흔들리는 곳에서 다리에 힘을 주고 버틸 준비를 할 때나 점심시간에 화장실에서 꼼꼼히 손을 씻을 때, 문득문득 남편이 회사를 그만둘지도 모른다고 버릇처럼 생각하곤 했다.

그런데도 자신은 지금 놀랐다. 이쓰미는 자신이 놀랐다는 사실에도 놀랐다. 남편이 정말로 회사를 그만둘 일은 없으리라 생각했었다는 사실을 깨닫는다.

목욕하지 않아도, 주말마다 다섯 시간씩 들여 전철을 갈아타고 시골 강에 들어가도, 남편이 아슬아슬한 경계에서 지금까지 쌓아온 사회생활의 토대를 놓아버릴 리 없다고, 결과적으로 큰 변화 따위는 오지 않을 거라고 막연히 생각했던 것이다. 다섯 달이나 목욕하지 않은 인간을 앞에 두고 어떻게 그런 생각을 할 수 있었는지 모르겠지만 이쓰미는 그렇게 생각했었다.

이제 남편의 피부는 문지르는 대로 껍질이 벗겨졌고, 코를 찌르는 체취는 생수로 헹궈도 더이상 사라지지 않았다. 몸 냄새는 일정 수준을 넘고부터는 비슷하게 느껴진다. 이 이상 심해질 수 없는 지경까지 왔다고 생각한다. 그건 피부 표면의 냄새가 아니라 모공 속 하나하나, 손가락 틈 하나하나에서 솟구치고 있었다.

남편과 함께 마트에 물건을 사러 가면 주변 사람들이 자연히 거리를 두는 것을 안다. 도쿄 사람들은 냄새나는 사람에게 굳이 냄새난다고 말하지 않는다. 빤히 쳐다보지도 않는다. 그저 '위험하다'라는 생각이 들면 물 흐르듯 떨어져나간다. 마트에서도 그러하니 당연히 통근 전철이나 회사에서도 주변 사람들이 거리를 둘 것이다. 남편이 그런 시선이나 타인의 태도에 상처받지 않았을 리 없고, 그런 상태로 일을 지속할 수 있을 리 없는데도, 이쓰미는 남편이 일을 그만뒀다는 사실을 믿을 수 없었다. 결정해버린 거구나. 그런 생각이 들었다.

쓰유코는 병에 걸릴 만큼 약해빠진 인간들과는 됨됨이가 달라. 문득 예전에 아빠가 엄마에게 했던 말을 떠올리고 만다. 역시 내가 점찍은 여자야. 지금 그런 말을 떠올리고 싶진 않았다. 그걸 떠올리는 게 너무하다는 생각이 들었다. 자신은 그렇게 생각하지 않는다. 전혀 아니다. 전혀 생각하지 않는 일을 떠올리게 되는 경우도 있을 뿐이다.

이쓰미는 연어 호일 구이에 젓가락을 뻗었다. 시선을 남편에게서 손으로 옮긴다.

"실업급여도 받을 수 있고 저금도 꽤 있으니까 한동안 느긋하게 쉬어도 괜찮지 않을까?"

'한동안'이라는 모호한 말로 얼버무리고 있다는 건 이쓰미 자신도 알았다.

이쓰미의 수입만으로 살아갈 순 있다. 만일 입장이 반대였다면, 남편은 이쓰미를 부양했을 것이다. 하지만 그런 상황이라면 남편의 짐밖에 되지 않는 자신을 용서할 수 없어서 혼자 고향에 내려갔을 것이다. 그리고 혼자 고향에 내려가는 게 도저히 싫으니까, 어떻게든 욕조를 페트병 생수로 가득 채우기 위해 계속 일했을 것이다. 목욕하지 않더라도, 그래서 직장 동료들이 경멸어린 시선을 던진다 해도. 지금이라고 딱히 좋은 취급을 받는 것도 않으니까.

그렇게 억지로 자신에 대입해서 '나라면 참았어'라고 생각해버린다. 그런 짓은 스스로를 몰아세울 뿐 아무 의미 없는 가정에 불과하다고 곧장 맞받아칠 수 있으면서도 끝내 그렇게 생각하고는 그제야 '나는 남편에게 화가 났구나' 하고 깨닫는다. 남편의 유약함을 용서할 수 없는 것이다.

다 훼손되고 너덜너덜해졌으면 좋겠다.

두 사람의 생활이 이대로 계속될 수 있도록, 자신을 죽인 채 살아가쳤으면 좋겠다.

아니다. 그런 생각은 하지 않았다. 그럴 리 없다.

남편이 건강하고 행복했으면 좋겠다고 생각한다. 정말로 둘이 함께 언제까지나 사이좋고 평화롭게 살고 싶다. 몇 년 동안 치료를 받아도 아이가 생기지 않자 이제는 됐다고 자연스럽게 생각했다. 시간과 돈을 들이면 더 할 수 있는 방법은 있었지만 거기에 쏟을 힘이 없었다. 원래 있었던 힘이 다했다기보다 원래 텅 비어 있던 곳에 밖에서 연료를 쏟아붓다가 그렇게 쏟아붓는 데도 힘이 필요하다는 걸 깨닫고 이제 그만 둬도 되겠다고 생각한 것이었다.

둘만의 인생을 먼 훗날까지 상상할 수 있었다. 몇 살이 되어도 자신들은 평화롭고 평온한 삶을 보낼 수 있으리라 생각했다. 풍족하지는 않아도 결정적으로 부족한 것도 없었다. 이쓰미는 남편이 인생의 전부라고는 생각하지 않는다. 하지만 남편이 있어준다면 그걸로 됐다는 생각은 한다. 그 두 가지는 비슷한 듯 다르다. 남편에게도 자신이 그런 존재였으면 좋겠다.

용서하고 싶어서 괴롭다. 유약한 남편을 용서하고 싶다. 미쳐가는 남편을 용서하고 싶다. 하지만 나를 혼자 두지 않았으면 좋겠다.

중요한 얘기를 하는 중인데 텔레비전은 계속 켜져 있고, 두 사람 중 누구도 끄려고 하지 않는다. 깜짝 카메라에 속은 코미디언이 운동장에 팬 구덩이에 떨어져서 비명을 지른다. 커다란 비명과 달리 카메라가 줌인해서 보여주는 구덩이 안

에는 푹신푹신한 완충재가 빈틈없이 깔려 있고, 백색 완충재
에 휩싸인 코미디언의 활짝 웃는 얼굴이 화면에 비친다.

착신 화면에 표시된 시어머니의 이름을 본 순간 식욕이
싹 사라졌다. '소꿉장난'이라는 단어가 떠오른다. 남편이 인
수인계 때문에 연일 야근이라 이쓰미는 혼자 근처 피자집에
서 포장한 마르게리타를 먹고 있었다. 개인이 운영하는 작은
가게에서 파는, 생 바질 향이 향긋하게 풍기는 그 피자를 좋
아해서 먹고 있었는데 "이런 때에 여유롭구나"라고 비난당
한 기분이다. 물티슈로 손을 닦고 텔레비전을 껐다.

계속 무시하는데도 시어머니는 끈질기게 이쓰미에게 전
화를 걸어온다. 남편에게 직접 전화하면 될 텐데. "부부 문
제라는 건가"라고 중얼거리고는 시어머니의 전화를 받는다.
지금까지 전화를 받지 않았다고 혼나려나 했는데, 시어머니
는 그에 대해선 언급하지 않고 입을 열자마자 "어떻게 할 거
니"라고 말했다.

"겐시가 일 그만두겠다고 전화했어. 이쓰미, 어떡할 거
니? 겐시랑 앞으로 어쩔 생각이야?"

이 사람이 화내는 이유가 내가 소꿉장난을 하고 있기 때문이라면, 큰일이 난 지금 이후로는 소꿉장난이나 할 때가 아니게 되므로 드디어 시어머니 바람대로 되는 셈이다. 그런데도 여전히 화를 내고 있으니 어떻게 해야 할까, 이쓰미는 생각했다.

"괜찮아요."

이쓰미는 대답했다. 평소와 다름없는 목소리에 스스로도 감탄한다. 항상 밝고 예의바르지만 데면데면하고 눈치 없고 상냥한 며느리의 목소리.

"겐시 씨는 시골로 이주할 거예요."

남편이 할머니의 집을 사들이고 싶어한다고 말하자, 엄마는 놀랐다기보다 불안하다는 듯 "왜?"라고 물었다.

"너희 이혼하니?"

"뭐야. 이혼할 거면 부인의 할머니 집을 사고 싶다는 소리는 안 하지."

"그럼 이혼 안 하면 너는 어쩌려고? 도쿄 일 그만두고 이쪽에 돌아올 거야?"

"아니, 당장은 못 가."

이쓰미는 엄마에게 그렇게 대답하며 지금 당장은 못 갈 뿐 자신도 언젠가 그 시골 마을에 돌아갈 수밖에 없다고 생각하고 있다는 사실을 깨달았다. 그래, 나도 돌아가는 것이다.

"그야 그런 집 이제 아무데도 안 팔릴 테고, 부술 돈도 없으니, 받아준다면 공짜로라도 줄 수 있지."

공짜로 받을 순 없고, 좀 싸게 해주면 고맙겠다고 말하고 전화를 끊었다.

요전번 남편과 함께 갔을 때, 본가 바로 근처의 낡은 집이 매물로 나온 것을 보았다. 예전에는 나이 많은 부부 둘이서 살고 있었다. 고양이를 네댓 마리나 길러서 이쓰미와 동네 아이들이 고양이를 만지러 정원에 멋대로 드나들곤 했다. 그 부부도 고양이도 이미 죽었을 것이다. 집은 땅값까지 포함해서 7백만 엔이었다. 지금 살고 있는 맨션의 집세는 한 달에 14만 엔이다. 다른 층의 집이 매물로 나온 것을 본 적 있다. 방이 세 개에 5천 7백만 엔이었다. 시골의 낡은 집과 딱 5천만 엔 차이다. 이쓰미는 남편과 자신의 저금액을 머리에 떠올린다. 먹고살려면 지금 하는 일을 계속할 수밖에 없다고 생각했고, 늘 돈이 부족한 느낌이었는데, 그렇지 않았다. 어느 사이엔가 생활을 바꾸는 데 필요한 돈을 충분히 갖고 있었다.

자신의 결심이나 생각을 뒤늦게 깨달을 때가 있다. 어떤 순간에 결심했다기보다, 어느 사이엔가 결정했던 일을 시간이 꽤 흐른 뒤에 "그러고 보니 나는 지금 이렇게 생각하는데 아무래도 이게 최종 결정이겠구나" 하고 깨닫는 것이다. 그런 깨달음의 순간은, 누군가와 대화할 때 자신이 쓰는 미묘한 표현에, 선풍기 날개가 부러졌는데도 곧장 새 선풍기를 사지 않는 행동에, 매일 열심히 확인했던 뉴스 사이트를 사흘이나 보지 않았다는 것을 의식했을 때 찾아오곤 했다.

남편과 결혼하기로 했을 때도 그랬다. 취직하고 몇 년이 흘러서 일이 손에 익고, 이제 곧 이십대 후반이라 슬슬 결혼 생각이 들 무렵에 친구의 소개로 남편을 만났다. 강한 의지나 기대를 품고 시작된 관계는 아니었다고 생각한다. 이쓰미와 마찬가지로 슬슬 결혼해야겠다고 막연히 생각하기 시작했던 남편과 사귀다가 어쩌다보니 결혼하게 되었다. 남편을 좋아했지만 자신의 생활보다 소중하냐고 묻는다면 그렇지는 않았을 테다.

그래, 나는 그 마을로 돌아가는구나. 도쿄에서 취직하고 결혼까지 했으니 이제 두 번 다시 고향에서 살 일은 없다고 생각했었다. '돌아간다'고 확실하게 자각하자, 고향을 버렸던 죄책감이 빠르게 떠나갔다. 기분좋은 감각이었다. 텅 빈 퍼즐 상자 한가운데 정답 조각 하나만 덩그러니 놓여 있는 느낌. 하나밖에 없어서 완성되지 않았지만, 한가운데 있고, 정답이니까 기분이 좋았다.

할머니 집을 살 수 있을 것 같다고, 가족 사이니 집값은 싸게 해결되어도 오랫동안 사람이 살지 않은 탓에 여기저기 손볼 데가 많아 수리비는 비쌀 것 같다고, 엄마와 얘기하다보니 자신도 고향에 돌아갈 생각이었다는 걸 깨달았다고 남편에게 말했다. 남편은 맞장구치면서 이쓰미의 얘기를 끝까지 들었다. 그러고는 괴로운 표정으로 말했다.

"나 때문에 당신 인생이 강제로 바뀌는 게 슬퍼."

"딱히 당신 탓은 아니야."

이쓰미는 그렇게 말하자마자 너무나도 뻔한 소리라는 생각에 쓴웃음을 지었다.

"당신 탓이라고는 생각하지만, 고향에 돌아가려는 건 내가 그렇게 생각하기 때문이니까 신경쓰지 마."

"일은 어쩌려고?"

"무슨 일이든 해야지. 도쿄와 다르게 뭐든 저렴하고 애초에 돈을 쓸 만한 오락거리도 없으니 한동안 저금으로 어떻게든 될 테고."

"여기 친구들과 못 만나게 될 거야. 고야우치 씨라든가."

남편은 얼마 전 이쓰미가 같이 한잔하러 나갔던 친구의 이름을 꺼냈다. 이쓰미는 웃으면서 진심으로 대답했다.

"그런 건 아무 상관 없어."

슬프게 눈썹을 늘어뜨리는 남편과 반대로 미소를 띠고 있었지만 이쓰미 또한 슬픈 기분이었다. 남편이 이쓰미의 인생 쯤이야 억지로 맞추게 만들겠다는 마음이길 바랐다. 자신만 남편과 같이 살아가겠다고 정한 것 같아서 이쓰미는 그게 슬펐다. 남편은 지금이라도 "나 혼자서도 괜찮아"라는 말을 해버릴 것 같았다. 남편에게 따라오지 않아도 된다는 말을 듣고 싶지 않았다. 남편이 미친 건, 그가 혼자서도 살아갈 수 있다는 증거 같았다.

"나는 어디서든 살아갈 수 있는 사람이니까 괜찮아."

남편에게만은 "왜"라는 질문을 받고 싶지 않아 이쓰미는 거실에서 나왔다. 그리고 욕실로 가서 빈 욕조를 바라보며 샤워했다.

8월의 더운 날, 남편만 먼저 강 옆의 집으로 옮겨갔다.

할머니의 옛날 집은 방이 다섯 개인 일층 건물이다. 장지문으로 구분된 일본식 방 두 개가 나란히 붙어 있고, 부엌과 그 옆에 마루로 된 거실, 마지막으로 침실이 있다. 침실 바닥은 카펫인데 아무래도 세월에 삭아서 교체하기로 했다. 카펫을 벗겨내니 마룻장도 상당히 상해 있었지만 멸균 처리를 했다. 이쓰미는 그런 얘기를 남편에게 전화로 들었다.

"그 위에 마루를 놓을까 카펫을 깔까? 어느 쪽이 좋아?"

"나, 카펫 깔린 방에서는 살아본 적 없어."

이쓰미는 초등학교 음악실을 떠올렸다. 음악실 바닥은 언제부터 깔려 있었는지 모를 붉은 와인색 카펫이었는데 몹시 냄새났었다. 양말 냄새가 났다. 코를 찌르는 자극적인 냄새. 과거 몇십 년 치 아이들의 양말 냄새였다. 땀과 먼지투성이

인 초등학생들이 신발을 벗고 음악실에 들어와 시끄럽게 떠들며 발바닥으로 카펫을 문지르듯 걸었다. 다들 "냄새나"라고 말했다. 이쓰미도 정말 지독하다고 생각했다. 그렇게 생각하면서도 무심코 냄새를 맡아버린다. 수업을 마치고 음악실에서 나갈 때도 왠지 모르게 한번 더 코로 깊이 숨을 들이마시고 만다.

"그럼 카펫으로 할까?"

남편 몸의 더러움을 고려하면 냄새가 잘 배는 카펫보다 청소하기 쉬운 매끈한 마루가 더 좋겠지만 이쓰미는 "응"이라고 대답한다.

남편은 다다미를 교체하고, 비가 많이 새는 지붕과 너덜너덜하게 떨어진 흙벽을 고치고, 금이 간 토방 바닥에 시멘트를 바르고, 상한 목조 툇마루를 수리했다. 부엌의 가스레인지는 고장나서 새로 샀지만, 수도에서는 문제없이 물이 나왔다고 한다.

"나는 수돗물 안 쓰지만."

"목욕은?"

남편이 떠난 도쿄 집에서 혼자 소파에 앉아 맥주를 마시며 이쓰미가 묻는다. 냉방을 너무 세게 틀어둔 탓인지 그다지 맛이 없다. 남편이 있는 집에는 에어컨도 없겠다는 생각을 한다.

"욕실은 고장난 데 없어?"

"고장났어. 뜨거운 물은 안 나오고, 찬물은 나오는데 적갈색이고 탁해. 수도관이 망가진 거 같아. 당신이 올 때까지는 업자 불러서 수리해둘게. 욕조도 테두리가 깨져서 새로 살까 싶어. 욕실 크기는 그대로니까 지금 욕조와 비슷하게 좁겠지만."

할머니 집의 욕실은 어른이 혼자 쭈그려앉으면 꽉 들어차는 형태와 크기였다.

"요즘 이 크기와 형태에 맞는 욕조를 파는지 모르겠네. 그보다 말이야, 화장실이 재래식이야."

"푸세식 변소구나."

제 입에서 나온 '푸세식 변소'라는 말을 들으니 그리운 기분이 든다. 옛날에 삼촌 집에도 푸세식 변소가 있었다. 이쓰미가 초등학생 때 양쪽에 손잡이가 달린 넓은 서양식 화장실로 바뀌었다.

"그건 똥하고 오줌이 쌓이면 어떻게 해야 해?"

"업자를 부른대. 전기나 가스처럼 계약하면 매월 정해진 때 전용차가 와."

"수세식으로 바꾸지 않을래?"

"하수도관을 까는 공사부터 해야 하니까 돈이 꽤 드는 모양이야."

"음……"

"푸세식 변소는 싫어?"

"벌레 같은 게 나올 거 같아."

"하긴, 확실히 나오긴 하겠다."

"그리고 혹시 누가 왔을 때 푸세식 변소면 좀 곤란하지 않을까?"

"누가 와?"

"어머님이라든가."

"안 올 걸."

남편이 웃으면서 말했다. 이쓰미가 시어머니의 전화를 무시하니 대신 남편에게 그만큼 전화가 가는 모양이다. 무슨 대화를 하는지는 모르겠지만 "절대 안 와, 일부러 이렇게 먼 곳까지"라고 남편은 말한다.

그럴지도 모른다. 이쓰미의 고향이 어딘지는 알아도 남편이 사는 집은 이쪽에서 알려주지 않는 한 모를 테고, 보고 싶은 생각도 없지 않을까.

남편이 이사하고 나서 시어머니가 딱 한 번 이쓰미를 찾아왔다. 갑작스러운 방문이었다. 인터폰 모니터에 시어머니의 얼굴이 비쳤을 때는 놀랐고, 무시할까 생각도 했지만 남편이 없다는 사실이 이쓰미를 적극적으로 만들었다. 시어머니에게 "좀 지저분해요"라며 슬리퍼를 가지런히 모아 내밀었지만, 시어머니는 "여기면 됐다" 하더니 열린 문을 허리로 지탱하고 현관 밖에 섰다.

"왜 이렇게 됐는지 설명해."

시어머니의 눈은 똑바로 이쓰미를 향했지만 어디도 보고 있지 않은 듯했다. 시어머니의 눈동자는 메말랐고, 그 건조함이 눈꺼풀에서 눈가, 뺨으로 이어져 얼굴 전체, 몸 전체에 퍼져 있었다.

"알겠습니다. 그럼 설명할 수 있는 내용이 제대로 정리되면 연락드릴게요."

이쓰미가 그렇게 말하자 시어머니는 메마른 눈꺼풀을 떨

며 한동안 침묵하다 고개를 끄덕였다.

"그렇게 해주렴."

비록 명색뿐인 말이겠지만 갑자기 찾아와서 미안했다고 사과한 뒤 시어머니는 돌아갔다. 그후 이쓰미에게는 연락이 오지 않는다. 이쓰미도 설명할 수 있는 내용이 정리되지 않아 연락하지 않았다.

화장실 수리는 좀 생각해보겠다고 남편이 말한다. 이쓰미는 "나 슬슬 잘게. 잘 자" 하고 하품을 참는 목소리로 말하고 전화를 끊었다.

이대로 잠들고 싶지만 먼저 이를 닦아야 한다고 이쓰미는 생각한다. 아직 맥주가 좀 남아서 아까우니까 다 마시고 나서. 그런데 이미 미지근해져 쓰기만 하고 맛이 없다. 하지만 아깝기도 하고 못 마실 정도는 아니어서 이쓰미는 맥주를 다 털어 마신다. 잠시만 쉬고 이를 닦으러 일어나기로 결심했는데, 그대로 소파에 푹 가라앉아 잠들고 만다.

새벽녘에 잠에서 깬다. 밤새 불이 켜져 있었던 환한 방에서 가만히 일어난다. 이와 잇몸이 찐득거리는 느낌이 들어서 기분 나쁘다. 이를 닦으려고 일어서서 휴대폰을 들었는데 남

편에게 메시지가 와 있었다. 전화를 끊고 나서 바로 보낸 것
이었다.

　방금 말하는 걸 까먹었는데, 머리 잘랐어.

　사진이 첨부되어 있다. 혼자 찍었는지 다소 오른쪽으로
치우쳐서 찍힌 남편은 까까머리가 되어 있었다.

　"까까머리네."

　이쓰미는 저도 모르게 소리 내어 중얼거리고 한숨을 내쉬
었다. 감탄했을 때 '하아' 하고 나오는 그런 한숨이었다. 이
런 얼굴이었나. 사진 속 남편을 물끄러미 응시한다. 눈썹이
진해 보이는 건 그저 머리에 머리카락이 없어서 상대적으로
그렇게 보이는 걸까. 두상이 동그랗고 예쁘다. 쓰다듬고 싶
다. 몇 밀리미터밖에 안 되는 머리카락이 까슬까슬하거나 따
끔따끔한 감촉으로 손바닥에 와닿는 걸 상상하고 이쓰미는
숨소리를 내며 웃는다.

　상사가 "애 생겼어?"라고 물었다. 이쓰미가 아니라고 하
자 얼굴을 찌푸리며 "그럼 유산이라도 했어?"라고 했다. 이
쓰미는 놀라서 아니라고 하려다가 어차피 상관없겠다는 생

각에 마음을 바꿔 "이런저런 사정이 좀 있었습니다"라고 대답했다. 상사는 그 이상 아무 말도 하지 않았고, 퇴직 절차가 담담히 진행되었다.

잘 알고 지내던 트럭 기사가 용건도 없으면서 사무실에 얼굴을 내밀었다. 마지막으로 둘이 한잔하러 가자고 권유하기에 귀찮아서 거절했더니 착각하지 말라고 했다. 그 말을 듣고 처음으로 술 마시는 것 외에 다른 목적도 있었다는 걸 깨닫는다. 원래 횟수가 줄었던 섹스는 남편이 목욕을 안 하는 일을 계기로 아예 하지 않게 되었다. 이쓰미는 카디건 위로 팔을 쓰다듬는다. 혀를 찬다. 트럭 기사는 진작 사무실에서 나가고 없어서 그 소리는 공중에 뜬 채 흐지부지됐고, 주변 책상에서 컴퓨터를 향해 앉은 동료들이 어색하게 그것을 올려다본다. 이렇게 두 번 다시 이곳에 돌아올 수 없도록, 엮이지 않도록 스스로를 몰아넣고 있는 걸지도 모른다. 회사도 그렇지만 도쿄라는 도시에서도 의식적으로 스스로를 분리해 나가야 할 것 같았다.

사직서가 정식으로 수리된 날, 퇴근 전철 안에서 이쓰미는 도쿄를 떠나면 연락하지 않을 사람들의 연락처를 휴대폰

주소록에서 지워나갔다. 고야우치 씨의 연락처도 지웠다. 도쿄를 떠나면 더이상 연락하지 않으리라 생각한 사람들 대부분은 지금까지 도쿄에 있는 동안에도 연락하지 않았다. 여러 개를 동시에 삭제하는 게 불가능해서 하나하나 연락처로 들어가 '삭제하기'를 선택했다. 화면에서 삭제된 연락처 한 줄이 쭉 뻗은 선이 되고, 그것이 굵고 튼튼하게 변형되어 납빛 쇠사슬이 되는 상상을 했다. 연락처가 한 줄씩 줄어들 때마다 이쓰미는 제 몸에 감긴 쇠사슬에 힘이 실리는 것을 느꼈다. 칭칭 얽매여 무거워져서 어디에도 갈 수 없게 되는 것이었다.

집에 도착한다. 이사를 앞두고 짐은 대강 다 쌌다. 책과 잡화를 늘어놓았던 책장과 탁자는 분해했고, 냉장고도 비워서 전선을 뽑아놓았다. 커튼과 1인용 이불 세트, 최소한의 옷과 목욕수건만 변함없이 같은 자리에 있었다.

이쓰미는 욕실로 향한다. 욕조를 닦고 따뜻한 물을 받는다. 남편이 목욕하지 않고부터는 몸을 담그는 사람이 혼자뿐이라 아까워서 따뜻한 물을 받지 않고 샤워로 씻는 걸 마쳤다. 생각해보면 혼자 살았을 때는 매일 따뜻한 물을 받아 몸을 담갔으니 아깝다는 감각은 남편과 살면서 생긴 것이었다.

손발에 휘감기는 물이 부드럽다. 따뜻한 것만으로 기분이 좋다. 양손으로 따뜻한 물을 떠서 얼굴에 끼얹는다. 염소 냄새가 나는 것 같기는 한데 잘 모르겠다. 물을 입에 머금어본다. 역시 모르겠다. 염소라기보다는 온수의 냄새가 나는 것 같다. 온수 냄새는 염소 냄새와 같은 것일까? 무릎을 굽히고 몸을 가라앉혀 코밑까지 물에 담근다. 수증기를 들이마시고 내뱉는다. 둘이서 막 살기 시작했을 무렵, 남편과 욕실에서 섹스한 적이 있다. 물에 젖은 성기는 윤활성이 없어서 맞비비니 아팠다. 아팠는데도 그 무렵의 일은 뭉뚱그려져 행복한 기억으로 보존되어 있다.

포기해야 할 때를 모르겠다. 애초에 포기할 생각이 있는지도 모르겠다. 왜 이혼을 안 해? 그렇게 생각해버린다. 생각하는 사람은 이쓰미 자신인데, 머릿속에서 질문을 던지는 건 여자 같기도 하고 남자 같기도 한, 모르는 사람의 목소리였다. "왜 이혼을 안 해?"

이혼하고 따로 사는 것도 가능하겠지. 남편은 자식이 아니고, 부모나 형제도 아니다. 피가 이어져 있지 않으니 서류

한 장이면 타인이 될 수 있다. 부부는 가족으로 있으려는 의지 없이는 가족으로 있을 수 없다.

먼저 시골로 옮겨 간 남편은 정말로 일을 그만두고 이쪽에 올 생각이냐고 몇 번인가 넌지시 물었다. 그 얘기는 이미 다 끝났는데도 소심하게 반복했다. 벌써 상사에게 말해서 조만간 인사과와 면담할 예정이고, 그후에는 바로 서류를 제출할 생각이라고 이쓰미가 상황을 전할 때마다 남편은 "미안해"라고 말했다. 미안하다는 말을 들으면 이쓰미는 자신이 '이렇게 하는 편이 좋아'라고 했던 게 거짓말 같아져서 싫었다. 부부 둘이서 사이좋게 사는 편이 좋아, 그렇다면 이혼은 하지 않는 편이 좋아.

사랑하니까 따라가는 거라고 망설임 없이 생각하고 말할 수 있다면 편하겠지. 강 옆에서 살아갈 수밖에 없게 된 남편이 걱정되니까, 도와주고 싶으니까, 곁에 있고 싶으니까 따라갈 뿐이라고. '이혼하지 않는 편이 좋아' 같은 냉정한 말로 대신하는 것이 아니라.

결혼하는 편이 좋으니까 결혼했다. 아이가 있는 편이 좋으니까 가지려고 했지만 생기지 않았다. 부부 둘이서 사이좋게 산다는 선택을 하는 편이 좋으니까 그렇게 했다. 하루하루가 잘 굴러가고 있었다. 남편이 목욕하지 않았다. 목욕은 하는 편이 좋으니까 하게 하려고 했지만 그럴 수 없었다. 강옆에서 사는 편이 좋으니까 이사하기로 했다. 우리는 부부니까, 떨어지지 않는 편이 좋으니까 따라가기로 했다. 그렇게 나열해보면 아무 생각 없이 사는 듯 보이겠지만, 심사숙고해서 고르지 않았다고 다 틀린 건 아니다. 수없이 많은 선택지가 존재하는 인생에서, 여기까지 쭉 더듬어가며 걸어온 이 당연해 보이는 길을 어느 누가 소꿉장난 같다고 할 수 있겠는가. 사랑하는 편이 좋으니까 사랑했을 뿐이다. 진심으로 그렇게 생각한다.

"아이도 없는데."

유산이라도 했냐고 물어온 상사의 거북한 표정. 그 무신경한 질문에 만일 내가 "네"라고 대답하면 어쩔 작정이었을까 생각하면 이쓰미는 괴로웠다. 이쓰미 자신이라면 그런 일은 절대 묻지 않는다. 자신에게는 타인의 큰 상처를 받아낼 도량이 없다. 우리에게는 서로뿐이다. 다른 누구도 없기 때문에 우리는 둘이서 살아왔는데.

"당신에게는 자기 인생이 있어."

시끄러, 하고 이쓰미는 머릿속의 목소리에게 말한다. 너희는 언제나 시끄러워. 소리쳐도 그치지 않는다.

아아아아아, 하고 소리를 내본다. 발성 연습처럼 일정한 높이를 유지하며 숨이 이어질 때까지 목소리를 낸다. 목구멍이 떨린다. 욕실 안에 울려퍼진 목소리가 귀에 거슬린다. 다른 목소리를 지워 없앤다. 숨이 바닥나서 입을 다문다. 호흡을 가다듬고 한번 더 아아아아아, 하고 소리를 낸다. 몇 번인가 반복한다. 머릿속이 "아아아아아"로 가득찰 때까지.

남이 있을 때 이런 짓을 하면 미쳤다고 여기겠지, 이쓰미는 생각한다. 그렇게 생각하는 한 미칠 수 없다는 사실도 알고 있다.

3
강

　이쓰미는 계약직으로 시청에서 일하기 시작했다. 전입과 전출을 담당하는 창구에서 접수 업무와 서류 정리, 데이터 입력을 한다. 월급은 도쿄에서 일하던 때의 절반이 안 되고 상여도 없다. 그래도 그저 먹고살기만 할 뿐이라면 문제되지 않았다. 집이 있고, 저금도 있고, 이쓰미와 남편 둘 다 아무 데도 가지 않는다.

　시청에는 이쓰미와 동급생이었던 사람도 있었고, 학년은 달랐어도 서로 집이 어딘지 형제가 몇인지 아는 이들도 일하고 있었다. 고등학생 때 같은 반이었던 친구는 이쓰미가 근무하는 부서의 주임이 되어 있었는데, 첫 출근 날 점심때 함게 식사하러 가자고 먼저 권해왔다. 시청 근처 메밀국숫집의 카운터석에 앉아 고향에 왜 돌아왔냐며 이것저것 질문하기에 몸이 안 좋아서라는 등 애매하게 얼버무렸는데, 어느새 도쿄에서 사고로 자식을 잃고 가정폭력을 행사하는 남편을 피해 도망쳐온 것으로 되어 있었다. 그렇지 않다고, 사실과 전혀 다르다고 정정했더니, 이번에는 머리가 이상해져 남을 크게 다치게 한 남편을 산속 폐허에 숨기고 있다는 소문이 났다. 누가 직접 말해준 건 아니다. 타인의 시선에서, 이쓰미가 탕비실이나 화장실에 들어가는 순간에 끊기는 대화의 단편에서 알 수 있었다.

사람이 모이는 곳에 몸담고 있으면서 불쾌한 경험을 하는 건 도쿄든 시골이든 마찬가지이지만, "그렇게 훌륭한 아버지가 계셨는데"라며 불쌍하게 여기는 점이 다르다. 소문을 믿으면서도 짐짓 "도쿄의 일이 힘들어서 건강이 나빠졌다면서?"라며 일부러 말을 걸어오는 사람들에게 "네, 이런저런 일이 있었거든요"라고 대답한다. 아이고, 역시 도쿄는 무서운 곳이구면. 그들은 눈썹을 아래로 늘어뜨리지만 그 아래의 눈과 입과 코는 다 웃고 있다.

이쓰미도 난처한 얼굴로 마주 웃는다. 이딴 곳, 어차피 언젠가는 떠날 거니까. 머릿속으로 욕하는 한편, 평생 이곳에서 살지도 모른다고도 생각한다. 앞으로 한 달만 더 있으면 여름이 끝난다. 온통 초록색으로 뒤덮인 풍경도 확 바뀌겠지. 석양 같은 빨간색, 노란색, 주황색. 그리고 겨울은 순백색. 붉게 물든 나무들의 잎이 떨어질 무렵까지 남편은 계속 강에 들어가리라. 춥다는 말을 연발하면서, 팔로 자기 어깨를 감싸고. 마침내 강에 들어갈 수 없을 만큼 추워지면 둘이서 눈이 녹기를 기다리겠지.

50만 엔으로 중고 경차를 사서 이쓰미는 강 옆의 집에서 산을 타고 내려가 출퇴근했다. 일을 마치고 집에 갈 때 마트에 들러 필요한 것을 사서 귀가한다. 집에 돌아가면 현관 앞까지 좋은 냄새가 난다. 채소와 고기를 구운 냄새였다. 밖에서 사 온 반찬을 전자레인지로 데워도 이렇게 온 집안에 음식 냄새가 풍기는 일은 없었다. 바깥까지 밥 냄새가 흘러나오는 남의 집 앞을 지날 때 느끼는 인위적인 안정감과 약간의 불편함을 이쓰미는 자기 집임에도 느낀다. "도쿄에서는 전혀 밥을 안 해 먹었는데"라며 마주 웃는다.

시금치 나물과 토란 조림, 오키나와식 당근 달걀 볶음처럼 간이 싱겁고 몸에 좋은 음식을 먹고 있으면, 이거야말로 소꿉장난 같다는 생각에 마음이 뒤숭숭하다. 부엌에 선 남편을 보면 이쓰미는 혼자 남겨진 듯한 기분이 들었다. 도쿄에 살면서 자신을 제대로 돌보지 않았던 건 여유가 있었기 때문일지도 모른다. 여기서 살기 시작한 이후 남편은 조금 살쪘다. 원래 걱정스러울 만큼 말랐었기에 살이 쪘어도 동년배의 평균 체형일 뿐이지만 뺨이 통통해져 늘 웃는 것처럼 보인다.

계약직은 야근이 허용되지 않아 매일 정시에 퇴근한다. 해가 지기 전 집에 돌아와 남편이 만든 건강한 음식을 먹는다. 인터넷 회선은 아직 연결하지 않았다. 애초에 이런 산속에서도 연결되는지 모르겠다. 휴대폰 전파는 잡혀도 도쿄에 있을 때처럼 온종일 동영상이나 영화를 트는 일은 없어졌고, 텔레비전을 켜더라도 아무것도 나오지 않아 집이 적막에 잠길 때도 많다. 일본식 방과 툇마루, 화장실 문 앞에 읽다 만 문고본이 점점이 놓이게 되었다.

경사를 따라 산 위에서 집으로 바람이 분다. 온 집안 창문을 방충망만 남기고 열어둬서 집안에 있어도 바람이 부는 것을 알 수 있다. 이 집에 오기 전에는 에어컨 없이 여름을 잘 넘길 수 있을지 걱정했는데, 땀이 난 몸도 도쿄에 있을 때만큼 불쾌하게 느껴지지 않는다. 툇마루에서 불어온 강한 바람에 머리카락이 흩날려서 얼굴에 닿는다.

툇마루에 놓인 문고본 옆에는 돌이 나란히 놓여 있었다. 남편이 강에서 주워 온 것이다. 반짝거리는 광물이 포함된 예쁜 돌인데, 하얗고 투명한 부분이 있는가 하면 주황색과 녹색이 섞인 부분도 있었다. 이쓰미는 어린 시절에 보석이라며 강변에서 주운 돌을 집에 가지고 갔던 일을 떠올렸다. 세면대에서 씻은 다음 창가에 깔아둔 수건 위에 놓아 말리고 한동안 들여다보며 흡족해했지만, 이내 질려서 "다이후쨩한테 줄게"라며 어두운 녹색 이끼로 뒤덮인 수조에 가라앉혔다.

"어디에 이런 돌이 있었어?"

남편을 따라 수없이 간 강변에 돌이야 얼마든지 있었지만, 광물이 잔뜩 함유된 이런 돌이 그렇게 많았나 싶어서 남편에게 묻는다.

"강바닥 쪽에서 발견했어."

"강바닥이라니…… 설마 잠수해? 깊은 곳은 물살도 빠르고 위험하다니까."

"알았어, 조심할게" 하며 남편이 미소 짓는다. 눈보다 눈썹이 먼저 휘어진다. 남편이 웃을 때 눈썹의 움직임이 이쓰미는 좋았다. 머리를 삭발한 뒤로 얼굴에서 가장 털이 많은 눈썹에만 눈이 가고 만다. 마치 생물 같다고 생각한다. 남편은 머리를 미니까 머리 냄새가 없어졌다며 기뻐하더니, 팔다리와 고간의 털도 거의 자르거나 뽑아서 지금은 온몸이 미끈하다. 남편이 벌거벗으면 그 무방비함에 왠지 진정되지 않는 기분이다. 그래서 유일하게 전과 다름없이 남아 있는 눈썹만 보고 마는 것이다.

이따금 이쓰미의 엄마가 잘 지내고 있는지 보러 왔다. 엄마에게 남편이 목욕을 안 한다는 얘기는 했지만, 강 옆에 살려고 시골로 이사왔다고는 말하지 않았다. 남편이 강까지 걸어가 폐교된 초등학교의 옆길을 내려가면 나오는 곳에서 알몸으로 미역을 감는다는 말은 할 수 없었다. "겐시 씨가 좀 지쳐서"라고 설명했다. 피로가 가시면 언젠가 낫는다는 듯한 말투 같았다. 엄마도 그 말을 듣고 "하기야, 그렇게 낡은 집을 아무리 고쳐봤자 계속 살만한 곳은 못 되지"라고 말했다.

집의 정원은 오랫동안 방치해둔 탓에 황폐했다. 남편이 잡초는 어떻게든 뽑아뒀지만 어중간하게 손을 댄 탓인지 그냥 공터보다 더 황폐한 땅으로 보였다. 풀을 뽑은 만큼 훤히 드러난 지면에 비가 내리면 땅속에서 지렁이가 잔뜩 나왔다. 젖은 흙 위에서 꿈틀대며 움직이다 그대로 태양빛에 타 죽었다. 죽은 지렁이는 비린내가 났는데, 툇마루 문을 열어두면 방까지 그 냄새가 들어왔다. 남편의 체취와 비슷하다고 생각한 이쓰미는 미안해졌지만, 실제로 비슷한 걸 비슷하다고 느낀 건 어쩔 수 없다고 포기했다. 머릿속으로 끝없이 생각하고 자문자답해서 포기하는 일투성이라고 이쓰미는 생각한다. 막다른 길이다, 이곳은.

뒷산에서 새어나온 물이 가늘고 작은 물줄기가 되어 정원으로 흐르는 곳이 있었다. 그 밑에 물웅덩이가 있었는데, 강과 이어져 있지 않아 아무것도 없을 텐데도 이쓰미는 때때로 안을 들여다보며 물고기를 찾는다.

다이후쨩이라고 이름 붙인 물고기는 별반 돌보지도 않았는데, 이쓰미가 중학생이 되고 고등학생이 되어도 살아 있었다. 현관 신발장 위에 놓여 있던 수조는 물을 갈아도 변함없이 지독한 냄새가 났고, 결국 참을 수 없어서 방으로 옮겨졌다. 물을 그대로 정원에 버릴 수 있다는 이유로 정원을 향한 유리문 옆에 둬서 불단과 나란히 놓이는 형편이 되었다. 불단에 할머니의 위패가 막 안치된 무렵이었다. 아빠가 넌지시 다른 방에 두는 게 어떠냐고 제안했지만, 엄마가 "여기 말고 정원과 접한 방은 거실뿐인데"라고 해서 결국 불단 옆에 놓이게 되었다. 이쓰미는 버리거나 죽이지는 않는구나 하고 내심 생각했지만, 그 말을 입 밖에 내는 일은 없었다.

불단은 엄마의 손길로 늘 깨끗하게 정돈되어 있었다. 아침저녁으로 밥을 지어 밥솥 한가운데 제일 좋은 부분을 종지에 담아서 공양하고 컵에 떠다놓은 물을 갈았다. 할아버지와 할머니의 위패나 채광창에 쌓인 먼지를 정성껏 닦고 하루 두 번 종을 울렸다. 불단 앞 선반에는 과일이나 선물받은 과자가 항상 한가득 차려져 있었다.

그래서 그 왼쪽에 놓인 수조의 처참함이 더욱 눈에 띄었다. 방충망만 남겨두고 유리문을 열어 바깥공기를 안으로 들이면 수조의 탁한 냄새가 불단으로 흘러들어가는 것 같았다.

아빠는 몇 번이고 엄마에게 수조 청소를 해달라고 했다. 하지만 엄마는 "저건 이쓰미가 원해서 기른 거잖아. 뭐든 도와주면 애 교육에 안 좋아"라고 대꾸하며 수조를 건드리지 않았다. 그러면서 이쓰미에게 수조를 어떻게 하라고도 하지 않았다. 아빠도 자기가 직접 만지고 싶지는 않은 모양인지, 결국 그 누구도 아무것도 하지 않은 채 엄마가 매일 불단에 백미를 공양하는 손으로 수조 옆에 둔 금붕어 먹이를 물에 탈탈 뿌리는 행동만 계속되었다.

기분 나빠. 엄마가 말했다. 생물한테 이런 식으로 말하는 게 좋지 않을 수도 있지만, 이렇게 살아 있다니 기분 나빠.

말과는 달리 엄마는 유쾌하다는 듯 웃고 있었다. 방의 유리문을 열고 다이후쨩의 수조 물을 정원에 흘려버릴 때였다. "너도 도우렴"이라는 말에 이쓰미는 신문지를 손에 들고 엄마 뒤에 서 있었다. 물을 절반 정도 버리고 수조 안쪽 이끼를 잘게 찢은 신문지로 비벼서 닦는다. 아래는 물이 담겨 있으니 윗부분만 청소한다. 신문지에 붙은 이끼는 하수구 냄새가 났다. 어차피 전부 닦을 수 없으니 대충 끝내고 욕실의 세숫대야에 수돗물을 담아 와서 수조에 붓는다. 쏟아지는 물줄기

속에서 다이후짱이 뛰어오른다. 그걸 보면서 엄마가 "아껴주는 사람 하나 없는데"라며 탄식했다. 아껴주는 사람 하나 없어도 살아갈 수 있구나.

이쓰미가 도쿄의 사립대학에 진학해서 혼자 살게 되었을 때, 엄마는 짐을 싸다가 생각난 듯 물었다.

"저 물고기 어쩔래? 데려갈래?"

"난 안 가져가고 싶은데."

데려간다느니 하는 말은 절대 하고 싶지 않다고 생각하면서 이쓰미가 조심스럽게 대답하자, 엄마는 별반 놀랍지 않다는 듯 고개를 끄덕이고 "그러면 강에 버리고 와"라고 말했다.

"그래도 돼?"

이쓰미는 놀랐다. 버려도 돼? 버리면 안 된다고 생각했는데, 그래도 돼?

"버린다기보다 원래 강에 있었던 거니까 되돌려놓고 와."

엄마는 그렇게 말하더니 순식간에 표정이 밝아졌다. 그래, 맞네, 그렇지. 왜 좀더 일찍 생각 못했을까.

이쓰미는 수조에서 다이후짱을 꺼내 우묵한 그릇에 넣었다. 황금색 알루미늄 그릇은 오코노미야키 가루를 섞거나 껍질을 벗기고 썬 채소를 냄비에 넣기 전 담아두는 데 썼지만, 엄마는 새것을 살 테니 그건 이제 버려도 된다고 했다. 망으로 수조에서 건져올리자 다이후짱이 파닥파닥 날뛰었다. 그렇게 빠르게 움직이는 다이후짱을 본 건 오랜만이었다.

가슴 앞에 그릇을 끌어안고 강까지 걸었다. 황금색 그릇에 햇빛이 반짝반짝 비쳤다. "다이후짱" 하고 이쓰미는 소리 내어 중얼거려봤다. 이름을 붙였어도 소리 내어 부른 적은 없었다. 그릇에 담긴 투명한 수돗물 속에서 다이후짱은 가만히 있었다. 수돗물이 이쓰미의 걸음에 맞춰 흔들리고, 그 안에서 다이후짱도 똑같이 흔들렸다.

강에 도착한다. 메말랐다. 물이 단 한 줄기도 흐르지 않는다. 그러고 보니 몇 주 정도 비가 내리지 않았다. 이쓰미는 허옇게 마른 강의 돌을 내려다보고 여기에 버려버릴까 잠시 생각한다. 말라붙은 강에서 땀과 비슷한 냄새가 나서 얼굴을 찌푸렸다.

어떡할까 생각하며 하류를 향해 메마른 강가를 걷기 시작한다. 어떡할까 머릿속으로 생각하는 척하면서, 틀림없이 물이 있을 곳을 향해 발걸음을 옮기는 것이었다. 십 분쯤 걸어가니 강에 물이 있는 것이 보였다. 바다 끄트머리였다.

강물과는 다른 냄새가 났다. 불쾌한 악취는 아닌데, 표현한다면 짠내라는 말이 맞겠다. 이쓰미가 강가로 내려가서 물에 가까이 다가가자 물고기 여러 마리가 재빠르게 움직여 도망쳤다. 아슬아슬하게 운동화가 젖지 않는 곳에 쭈그려앉는다. 쭈그리고 앉기만 해도 바닷물 냄새가 몇 배나 짙게 끼쳐왔다. 그릇 안에서 다이후짱이 움직이는 기척이 느껴졌다.

이곳에 물이 있지만 다이후짱에게는 맞지 않는 물일 것이다. 여기 놓아줘도 살 수 있을까. 살 수 있을 리 없다고 여기면서도 애써 무시하고, 녹색 이끼로 뒤덮인 수조에서 죽기를 기다리기보단 나은 것 같아, 하고 무책임하게 생각한다.

파도는 없다. 그렇다면 가까스로 강이려나. 그렇게 비겁한 선 긋기까지 생각하고는 한숨 돌리려고 손에 들고 있던 그릇을 땅에 내려놓았다. 황금색 그릇이 회색 자갈 위에서 빛났다. 표류해 온 쓰레기가 아니라 분명하게 누군가가 의도적으로 내려놓은 티가 났다. 기묘하게도 그게 딱 좋아 보였다. 이쓰미는 일어나 조금 떨어진 곳에서 한번 더 그릇을 보았다. 물가에 아슬아슬하게 놓인 황금색 그릇. 발길을 돌려

걷기 시작했다. 점차 걸음이 빨라진다. 마음은 조용히 가라앉아 있었다. 바다의 반대편은 산이다. 하천 부지 도로 앞에 커다란 산이 묽은 먹빛으로 우뚝 솟아 있었다.

그날 밤, 비가 내렸다. 이쓰미는 방의 불을 끈 채 이불에서 나와 창밖을 바라보았다. 캄캄해서 잘 보이지는 않았지만 큰비인 것 같았다. 황금색 그릇이 물로 가득차서 흘러넘치는 상상을 했다. 강 위에서 물이 많이 흘러내려와 바닷물과 합류하고 뒤섞여 다이후짱이 그 안에서 헤엄쳐나가는 상상을.

다음날 아침, 잠에서 깨니 비는 이미 그쳤고 하늘은 깨끗하게 개었다. 이쓰미는 자전거를 타고 강으로 향했다. 하천 부지에서 강가를 내려다보았지만 물은 흐르고 있지 않았다. 비가 내렸는데 어째서일까 생각하며 그릇을 두고 온 하류로 향한다. 그릇은 어제와 같은 장소에 있었지만 물가는 몇 미터 멀리 떨어졌고, 그릇 바로 옆에는 마르다 말아서 일부만 허연 돌과 진흙이 있을 뿐이었다. 그릇을 내려놓았을 때는 만조였을 것이다. 조수 간만이 있는 걸로 보아 여기는 역시 바다인 것이다.

이쓰미는 자전거를 세워놓고 강가로 내려갔다. 황금색 그

룻에 가까이 간다. 안을 들여다보니 텅 비었다. 다이후짱만 없어진 게 아니라, 물도 한 방울 남아 있지 않았다. 어? 저도 모르게 목소리가 튀어나온다. 손을 뻗어서 그릇을 든다. 역시 텅 비었다.

두 번 다시 다이후짱을 볼 수 없다는 사실을 알아차린 순간, 이쓰미는 갑자기 다이후짱이 어떤 모습이었는지 생각나지 않는다는 걸 깨달았다. 무심코 한 손으로 뺨을 쓰다듬는다. 그 손끝에 물방울이 묻어 있었던 모양인지 뺨이 축축한 느낌이다. 그릇은 바싹 말라 있는데도. 이쓰미는 기분이 나빠져서 어깨에 얼굴을 비벼 닦는다. 그렇게 고개를 움직이는 동안 다이후짱이 어떤 모습이었는지 점점 더 알 수 없게 되었다. 형태는 물론이고 색, 크기, 분명 수없이 보았던 눈까지 대체 어떤 눈동자였는지, 어류의 무심해 보이는 눈이었는지, 우파루파의 눈처럼 새까만 구멍 같았는지조차 생각나지 않았다.

잘 버린 것 같기도 하고, 버리는 것조차 제대로 못한 것 같기도 한 기분이 동시에 들었다. 여기서도 살 수 있겠지 생각하면서 조금 떨어진 물가를 본다. 어느새 일렁이며 먼바다

를 향해 흐르기 시작했다. 여기도 강은 강이다. 강에는 물이
있고 흐르기도 하니까, 살아갈 수 있다.

*

　도쿄에서는 한 통에 300엔이었던 양배추가 99엔에 판매
되고 있었다. 저금은 이사비와 집 수선비로 줄었지만 둘이서
십수 년 일해온 만큼은 모여 있고, 이쓰미가 시청 일을 계속
하는 한 더는 줄어들 일도 없다. 마트에 들렀다가 산 위에 있
는 집으로 돌아간다. 국도를 가로지르려 신호를 기다리다 도
쿄에서 근무했던 회사의 트럭을 본 적도 몇 번인가 있었다.
잠깐 본 운전기사의 옆얼굴은 다 비슷해서 아는 사람인지 아
닌지 알 수 없었고, 그것을 구분한들 아무 의미도 없었다.
　남편은 거의 매일 강에 미역을 감으러 가서 도쿄에 있을
때보다 냄새가 덜해졌다. 이쓰미는 비누를 써주면 더 좋겠
어서 강에 흘려보내도 자연 분해된다는 제품을 통신판매로
사봤지만, 남편은 "아무리 괜찮대도 강에서 비누를 쓰는 건
좀"이라며 꺼리더니, 비가 세차게 내린 날 정원에서 딱 한

번 사용했다. 말은 "나쁘지 않았어"라고 했지만 비누는 그대로 정원에 방치되다 어느 날 까마귀가 와서 쪼아먹었다. 남편은 "이런 거 먹으면 안 돼"라고 큰 소리를 내며 까마귀를 내쫓고는 부리 모양으로 구멍이 난 비누를 쓰레기봉투에 넣어서 버렸다.

이쓰미는 남편에게 비누를 건넨 일을 후회하고 있었기에 그걸 버려서 다행이라고 생각했다. 이곳에는 그들뿐이다. 둘밖에 없다. 우리밖에 없으니 목욕하는 편이 좋다든가, 목욕할 거면 비누를 쓰는 편이 좋다든가 하는 생각은 이제 하지 않아도 된다.

남편은 시어머니의 전화를 받기도 하고 받지 않기도 했다. 시어머니는 한 번도 이 집에 오지 않았다. 그 대신 괜찮냐는 전화를 몇 번이나 걸어온다. 남편은 전화를 받을 때면 툇마루에 가서 거기 늘어놓은 예쁜 돌들을 만지작거리며 얘기했다. 괜찮다는 말이 몇 번이나 들렸다. 괜찮아, 괜찮다니까, 괜찮아. 이쓰미는 남편이 괜찮다는 말을 반복하면서 돌들을 일렬로 늘어놓거나, 원을 만들고 그 가운데 돌을 하나 놓는 모습을 보고 있었다. 저건 저주라고, 갑자기 그런 생각이 든다. 진짜 저주가 아닌 소꿉장난으로 하는 저주. 효력 따위는 없다. 단지 내가 그것을 저주라고 생각했다는 기억만 남는다.

　도쿄에서 쓰던 것과 같은 이불을 두 채 나란히 놓고 잔다. 교체한 지 얼마 되지 않은 다다미에서 좋은 냄새가 난다. 방충망만 남기고 열어둔 창문으로 바람이 들어와서 기분이 좋다. 낮은 여전히 덥지만 해가 지면 반소매로는 춥다고 느낄 만큼 선선해졌다. 일층집에서 창문을 안 잠그고 자다니 "도쿄에서는 상상도 못할 일이야"라고 엄마에게 말하자, 시골이라고 문단속하지 않아도 되는 게 아니라며 위험하니까 제대로 닫으라고 혼났다. 하지만 이렇게 산뿐인 곳에서 창문을 잠그다니 우스워서 열어둔 채로 지낸다. 그래도 한밤중에 퍼뜩 눈을 떴을 때 얼굴에 바깥공기가 느껴지면 '창문이 열려 있다'는 사실을 깊이 의식한다. 도쿄 생활에서 길러진 위기감일까. 한번 깨서 창문이 열려 있음을 의식하고 다시 잠들면 살해당하는 꿈을 자주 꿨다. 창문으로 들어온 침입자에게 살해당하는 꿈이다. 아침에 일어나서 "이런 꿈을 꿨는데 말이야" 하고 남편에게 들려준다. "무섭다. 오늘밤부터 창문닫고 잘까?"라고 남편은 말하지만, 결국 그날 밤도 창문을 잠그지 않고 잔다.

문득 눈을 떴다.

창밖에서 비 내리는 소리가 들렸다. 방충망이면 비가 들이치려나, 창문을 닫아야 하려나 싶은데 몸이 곧장 움직이지 않는다. 이딴 집, 딱히 젖어도 상관없지, 하고 이쓰미는 생각한다. '이딴 집'이라고 하찮은 물건처럼 생각한다. 그렇게 될 대로 되라는 식으로 여기고 있지 않을 텐데도. 때때로 머릿속에 떠오르는 난폭한 말에 그게 본심인가 싶어 불안해지지만, 이딴 집 아무래도 상관없다는 생각은 정말 하지 않는다. 정말로 안 그래, 하고 이쓰미는 제 마음을 확인한다. 확인하느라 바빠서 재빨리 일어나 창문을 닫으러 갈 수 없을 뿐이라고 속으로 생각한다. 쏴아아아 소리가 난다. 맞다. 빗소리, 그것도 밤에 내리는 비는 이런 소리였다. 도쿄의 아파트에서 듣는 빗소리에는 아무래도 차가 달리는 소리나 사람 말소리, 옆집의 생활 소음이 섞여 있어 불순물을 제거한 순수한 빗소리라는 게 없었기에 오랜만에 들은 느낌이었다.

옆에 잠든 남편에게도 빗소리는 들릴 텐데 꼼짝도 하지

않고 잔다. 이쓰미는 천천히 손을 뻗어 남편의 팔을 만지고 몸을 더듬어서 손을 잡는다. 제 얼굴로 끌어당겨 손 냄새를 맡는다. 손바닥과 손등과 손가락 사이의 냄새를 순서대로 맡고 나서 중지를 입에 문다. 처음에만 짠맛이 날 뿐, 한번 침을 삼키고 나니 그저 혀의 감촉만 남는다. 남편의 손가락은 버석버석 건조했고, 특히 손톱 뿌리에는 습진 자국이 점점이 나 있었다. 그 습진 자국을 떼어내듯 핥는다. 즉흥적인 행동이었지만 불현듯 사타구니 안쪽에 뜨겁게 열이 올라서 이쓰미는 다리를 비틀었다. 비트는 척하면서 비볐다.

그 순간, 남편이 잠에서 깬 것을 알았다. 팔에 한순간 힘이 들어갔다가 바로 빠졌다. 이쓰미는 살며시 남편의 손가락을 입에서 빼고 이불 끄트머리로 손가락에 묻은 침을 닦았다. 남편은 아무 말도 하지 않았다. 숨소리조차 내지 않았다. 오히려 이쓰미가 소리 내며 숨을 들이내쉬고 있었다. 여전히 비 냄새가 났고, 남편의 체취도 났다. 산 냄새도 났다. 방금 열이 올랐던 사타구니 사이가 속옷 안에서 식어가는 게 느껴졌다.

"잠이 안 와?"

너무나도 고요한 공기 속에서 남편의 목소리가 멀리까지 가닿는다.

이쓰미는 고개를 끄덕였다. 남편을 쳐다보니 눈을 감고 있었지만, 기척으로 이쓰미가 고개를 끄덕인 걸 알았는지 "그렇구나"라고 대답한다. 이쓰미는 뭔가 말하려다 혀 표면에 거슬거슬한 이물질을 느낀다. 제 오른팔을 핥으며 혀를 문지르자 허연 찌꺼기가 팔에 붙었다. 치태나 남편의 손가락 때 중 하나일 테다. 냄새를 맡으니 악취가 났다. 남편의 체취보다 훨씬 지독하고 비릿한 냄새가 났다. 갓 만들어졌다는 느낌이 들었다. 손끝으로 조몰락거리자 작은 덩어리가 되었다. 티셔츠에 문질러서 뭉갠다. 때 덩어리.

"아카타로라는 거 있지 않았어?"

이쓰미는 문득 생각나서 남편의 팔에 손을 뻗으며 말한다. 팔죽지를 양손으로 붙잡는다.

"어? 갑자기 무슨 소리야?"

"옛날얘기 중에 아카타로라는 거 없었나? 옛날 옛적 한 마을에 할아버지와 할머니가 살았는데 목욕을 싫어해서 때 투성이였대. 어느 날 온몸의 때를 모아 반죽해서 사람 모양을 만드니까 움직이기 시작했는데, 그게 아카타로인 거야."

"왠지 들어본 적 있는 거 같아. 걔, 아마 도깨비랑 악당들을 물리쳤던 것 같아."

기억은 안 나지만, 하고 이쓰미는 희미하게 웃는다.

"아마 맞을 거야. 힘이 엄청 세다는 설정 아니었나?"

"설정이라니."

남편이 웃는다. 그리고 이쓰미가 잡은 쪽 팔을 위로 들고 주먹을 쥐었다 폈다 한다. 얼굴을 바라보자 남편도 눈을 뜨고 이쓰미를 쳐다보고 있었다.

"옛날 사람들은 목욕 안 했잖아. 아마 강이나 빗물로 씻어 내렸겠지. 비누도 샴푸도 없었으니까. 몸을 문지르면 때가 가득 나왔을 거야. 사람 모양을 만들 수 있을 만큼 나올지는 모르겠지만 괜히 모아서 둥글려보거나 했을 거 같아."

"그럴지도."

뒷산에서 짐승이 울었다.

두 사람은 말없이 숨을 쉬고 있었다. 남편은 들었던 팔을 천천히 내려서 몸과 나란히 뻗었다. 이쓰미는 남편의 팔죽지를 다시 양손으로 붙잡고 눈을 감았다.

부디 평화롭기를 이쓰미는 바랐다. 기도라고 할 만큼 먼 존재에 소원을 비는 것이 아니라, 더 가까이 손닿을 거리에 있는 것에게 평화를 빌었다.

쏴아아아 하는 빗소리가 귀에 딱 들러붙을 정도로 길게 비가 쏟아졌다.

빗물이 흐르는 도로는 미끄러지기 쉬울 것 같아 이쓰미는 평소보다 빨리 집에서 나왔다. 산길을 빠져나올 때까지 꾸물꾸물이라고 표현해도 될 만큼 느린 속도로 차를 몰았다. 도로 옆을 나란히 흐르는 강은 수량이 많아도 범람할 기색은 보이지 않는다. 남편은 비가 와도 아랑곳하지 않고 강에 가기 때문에 "어쨌거나 조심해"라고 몇 번이나 주의를 줬다.

방류를 알리는 사이렌이 흘러나온 건 점심시간 때였다. 밖에 점심을 사러 나간 동료가 허둥지둥 돌아오더니 "비가 엄청 와"라며 흥분한 기색으로 말했다. 그 순간, 딩동댕 하는 방송벨 소리가 났다. "시청에 오신 여러분께 안내합니다. 금일 댐 방류를 실시하고 있습니다." 그렇게 설명하는 남자 목소리에 이어 우웅 하고 높은 듯 낮은 소리로 사이렌이 울린 뒤, 여자 목소리로 안내방송이 흘러나왔다. "강물이 불어났습니다. 위험하오니 접근하지 마십시오." 이쓰미가 서 있는 창구 부근에는 창문이 없었지만, 옆으로 다섯 개의 접수 창구를 지나서 있는 정면 입구의 자동문이 열릴 때마다 바깥 공기가 들어왔다. 실내에 있어도 알 수 있을 정도로 짙은 비의 기색이 느껴졌지만 이쓰미는 신경쓰지 않았다. 집은 댐보다 위에 있으니 애초에 방류와는 상관없다. 화장실에 갔을 때 남편에게 댐 방류하고 있나봐라고 메시지를 보냈지만 답장은 없었다.

눈으로 직접 강을 보았을 때에야 어쩌면 좀 큰일일 수도 있겠다는 생각이 들었다. 마트에도 들르지 않고 곧장 귀가했다. 평소대로 시내 큰길을 통해 산을 향해 가다가 거의 산길에 접어들 즈음 강가로 나가자 댐 방류 사이렌과 안내방송이 들렸다. 우웅. 위험하오니. 위험하오니.

물은 강폭을 넘어 하천 부지 위까지 흐르고 있었다. 하류에 비해 큰 바위가 많은 탓에 물살이 바위들의 위치에 따라 급작스레 방향을 바꾸고, 그 흐름끼리 맞부딪히며 한층 더 복잡한 선을 그리면서 꿈틀대고 기세를 더한다.

산길을 오른다. 운전중에는 강 쪽을 볼 수 없다. 주변 상황을 살피면서 운전할 수 있을 만큼 아직 능숙해지지 않았다. 비가 들어오지 않을 정도로 살짝 창문을 열었다. 빗소리보다 강물소리가 더 크게 들린다. 난폭한 소리였다. 운전대를 세게 쥔다.

댐을 넘어갈 때 이쓰미는 저도 모르게 순간 멈췄다. 물이 폭발하는 줄 알았다. 흐르는 것도 넘치는 것도 아니라 뿜어져나오고 있었다. 안쪽에서 파열하는 순간의 힘이 연속해서 이어지는 듯한 방출이었다. "자기가 있는 곳에 비가 내리고 안 내리고는 상관없어. 산 위에서 많이 내리면 전부 밑으로 흘러오니까"라고 했던 엄마의 말을 떠올린다. 강을 내려치는 압도적인 물소리만 주위에 울려퍼졌다. 자동차 앞유리에 떨어지는 빗소리도 들리지 않는다. 댐에서 산 위로 시선을 옮겼지만, 산은 두꺼운 회색 구름에 덮여서 보이지 않는다. 이쓰미는 액셀을 세게 밟으며 자신이 제어할 수 있는 최대 속도로 차를 몬다.

집에 도착해서 차를 댄 뒤 우산을 쓰고 현관까지 잰걸음으로 향한다. "나 왔어"라고 말하면서 문을 열었다. 창문은 내내 열어두면서도 현관문은 왠지 어색해서 잠그게 된다고 남편과 대화했던 일이 문득 떠오른다. 문을 열고 한번 더 "나 왔어" 하고 조금 전보다 큰 목소리로 말한다. 대답은 없다. 이쓰미는 세면대도 지나쳐서 거실로 향한다. 남편의 모습은 없었다. 일본식 방에도, 침실에도 없었다.

혹시 정원에서 비를 맞고 있을지도 모른다는 생각에 툇마루로 향한다. 툇마루 유리문으로 정원이 보여 거기에도 남편이 없다는 건 방안에서 한눈에 확인할 수 있는데도, 이쓰미는 창을 열고 들이친 비에 젖은 슬리퍼에 발을 구겨넣은 뒤 밖으로 나갔다. 차양 밖으로 나간다. 불과 몇 초 만에 옷이 표면부터 차례로 빈틈없이 젖어간다. 정원 흙바닥 위에는 벌써 물웅덩이가 생겼고 여기저기 지렁이가 떠 있다. 가까이서 뛰던 개구리가 이쓰미와 거리를 두듯 멀어져갔다.

평소에는 가느다랗게 찔끔찔끔 흐르던 정원 끝의 작은 물줄기가 오늘은 수도꼭지를 최대로 튼 듯한 기세로 흐른다. 물줄기 밑 웅덩이는 귀퉁이가 무너져서 흘러넘쳐 산 경사를 따라 집 옆을 흐르고 있다. 이쓰미는 달리기 시작했다.

하지만 벌써 몇 년이나 전력 질주 같은 건 하지 않은 몸이라 아무리 최선을 다해 달려도 옆에서 보면 종종걸음으로 보일 테다. 옆에서 보는 사람 따위 없는데도 이쓰미는 머릿속으로 그런 생각을 하고 있었다. 강으로 향한다. 남편이 걱정이다. 그것은 사실인데, 머릿속은 너무 넓어서 쓸데없는 일까지 생각하고 만다.

회색 구름이 부쩍 짙어진다. 도로에는 가로등이 켜져 있지만 강으로 내려가는 길이나 강가는 발밑이 보이지 않을 만큼 어둡다.

손전등을 가져올까? 폐교까지는 차로 갈 것을. 이쓰미는 달리면서 생각한다. 슬리퍼가 아니라 운동화로 갈아신을걸 그랬다는 생각도 한다. 그리고 그런 생각도 하지 못할 만큼 서둘렀다는 사실을 깨닫자 그게 마치 사랑의 증명인 양 느껴져서 안심한다. 안심하고 있다는 것을 깨닫고, 또 머릿속으로 자신을 탓한다. 달리면서 끊임없이 그런 생각을 한다. 숨이 찬다.

폐교 부지에 도착한다.

좁은 길을 더듬으며 강가로 내려갈 것도 없이 강물의 거친 기세를 알 수 있었다.

평소에는 물이 강가의 절반에도 못 미치는데 지금은 오두막만큼 커다란 바위조차 보이지 않을 정도로 잇달아 물이 쏟아지고 있다.

발붙일 데도 없겠다고 이쓰미는 생각했다.

'발붙일 데도 없겠다'라는 말이 머릿속에 떠오른 것이다.

상당히 가볍고 슬픔이 담기지 않은 말이라고 생각했다. 그렇게 생각한다 해도 어쩔 수 없었다. 무서운 소리를 내며 흘러가는 강물을 이쓰미는 한동안 응시했다. 슬리퍼 안에 들어간 진흙과 자갈이 느껴졌다. 옷과 속옷, 머리 안쪽까지 다 젖었다. 차라리 옷을 벗어버릴까 하는 생각이 든다. 남편이 그랬던 것처럼 다 벗고 비를 맞아볼까.

생각은 했지만 결국 그렇게 하지 않았다. 집까지 걸어서 돌아갔다. 문이 열려 있는 현관으로 들어가 복도를 다 적시면서 목욕수건이 놓인 탈의실로 향했다. 퍼뜩 생각난다. 그래, 아직 욕실을 확인하지 않았다. 목욕을 안 하는 남편이 욕실에 있을 리 없다는 생각에 집안에서 그곳만 보지 않았다.

생각나자마자 걸음이 빨라진다. 발바닥에 묻은 진흙 때문에 미끄러진다. 소리를 내며 욕실문을 연다. 어젯밤에 쓴 클

렌징폼이 이쓰미가 올려둔 형태 그대로 욕조 테두리에 놓여 있는 것이 눈에 들어왔다. 이십사 시간 가까이 사용하지 않은 욕실은 바싹 말라 있었다. 바깥은 온통 물투성이인데 정작 물이 나와야 할 욕실은 말라 있다는 사실이 당연하면서도 왠지 이상하게 느껴졌다. 남편은 목욕하지 않는 사람이었다. 목욕 따위 안 해도 괜찮다고 이쓰미는 진심으로 생각할 수 있었는데, 진심으로 그렇게 생각한다고 남편에게 전하지는 못했다.

다음날은 비가 그치고 하늘이 맑았다. 하지만 산에 고인 물이 바다로 다 흘러갈 때까지는 이틀이 더 걸렸다. 사흘 뒤, 아직 물살은 거세도 이제 물이 흐르는 양옆으로 강가가 보였다. 이쓰미는 폐교까지 차를 몰고 가 옆길을 통해 강가로 내려갔다. 비를 머금은 땅이 흙보다 진흙에 가까운 상태여서 이쓰미의 운동화가 더러워졌다.

강가의 바위 위치가 전에 왔을 때와 달라졌다. 오두막만큼 커다란 바위가 물의 힘으로 움직인다면, 인간 따위는 수조에 뜬 먼지 수준이겠다는 생각이 들었다.

이쓰미는 강 아래로 걸어간다. 자갈이 불규칙하게 쌓여 있다. 부러진 나뭇가지와 아직 새파란 식물 잎이 주변에 흩어져 있다. 커다란 바위들 사이의 모래밭이 푹 패 큰 물웅덩이가 생겼다. 사람 머리가 쑥 들어갈 것 같은 형태와 크기다. 안을 들여다보니 물고기가 한 마리 있었다. 엄지손가락만했다. 물고기가 이쓰미의 접근을 알아차리고 몸을 뒤집자 은색으로 보였던 비늘이 태양빛을 반사해 푸르게 빛났다.

이쓰미는 물웅덩이 옆에 웅크리고 앉아서 오른손을 물속에 담갔다.

"미지근하네."

이쓰미가 중얼거린다. 강물과 달리 흐르지 않는 웅덩이의 물은 희미하게 따뜻했다.

"여기 있으면 죽고 말 거야."

이쓰미는 욕실을 떠올린다. 솥처럼 생긴 오래된 은색 욕조. 그곳에 띄워주자. 물이라면 강에도 정원에도 많다.

물속에 쑤셔넣어진 채 움직이지 않는 이쓰미의 손에 물고기가 살며시 다가온다. 아직 경계하는 움직임으로 물속을 떠돌며 몇 센티미터씩 거리를 좁힌다. 이쓰미는 숨을 죽인다.

물고기 아래 지면에서 이름 모를 미생물이 꿈틀대는 모습이 보였다. 집에 가면 목욕을 해야겠다고 이쓰미는 생각한다.

지은이 **다카세 준코**

1988년 일본 에히메현 출생. 2019년 『개의 모양을 한 것』으로 제43회 스바루문학상을 수상하며 데뷔했다. 2021년 『샤워』로 아쿠타가와상 후보에 올랐고, 2022년 『맛있는 밥을 먹을 수 있기를』로 제167회 아쿠타가와상을 수상했다. 현대인의 일상과 사회생활의 표리를 예리하게 포착해내는 작가로서 문단과 독자의 주목을 받고 있다.

옮긴이 **허하나**

경희대학교 일본어학과를 졸업하고 번역가로 활동중이다. 옮긴 책으로 『맛있는 밥을 먹을 수 있기를』 『할머니와 나의 3천 엔』 『네, 수영 못합니다』 등이 있다.

문학동네 세계문학

샤워

초판 인쇄 2024년 6월 5일 | **초판 발행** 2024년 6월 20일

지은이 다카세 준코 | **옮긴이** 허하나
기획·책임편집 고선향 | **편집** 송원경
디자인 박현민 유현아 | **저작권** 박지영 형소진 최은진 서연주 오서영
마케팅 정민호 서지화 한민아 이민경 안남영 왕지경 정경주 김수인 김혜원 김하연 김예진
브랜딩 함유지 함근아 고보미 박민재 김희숙 박다솔 조다현 정승민 배진성
제작 강신은 김동욱 이순호 | **제작처** 한영문화사(인쇄) 경일제책사(제본)

펴낸곳 (주)문학동네 | **펴낸이** 김소영
출판등록 1993년 10월 22일 제2003-000045호
주소 10881 경기도 파주시 회동길 210
전자우편 editor@munhak.com | **대표전화** 031)955-8888 | **팩스** 031)955-8855
문의전화 031)955-1927(마케팅), 031)955-1917(편집)
문학동네카페 http://cafe.naver.com/mhdn
인스타그램 @munhakdongne | **트위터** @munhakdongne
북클럽문학동네 http://bookclubmunhak.com

ISBN 979-11-416-0097-6 03830

www.munhak.com